Hunting Stories

Vakhtang Ananyan

ՈՐՍՈՐԴԱԿԱՆ ՊԱՏՄՎԱԾՔՆԵՐ

ՎԱԽԹԱՆԳ ԱՆԱՆՅԱՆ

Hunting Stories

Copyright © 2014, Indo-European Publishing

Contact:
IndoEuropeanPublishing@gmail.com

ISNB: 978-1-60444-819-1

Որսորդական պատմվածքներ

Հրատարակված է Ամերիկայի Միացյալ Նահանգներում:

Կապ`

IndoEuropeanPublishing@gmail.com

ISNB: 978-1-60444-819-1

ՔԱՐԱԿՈՓ ԿԱՑԱՐԱՆ

Զանգեզուրի Քարահունջ գյուղի դիմաց, ժայռերով ու թփուտներով պատած մի լանջ կա, որ նայում է Վարարակ գետին: Թեև արդեն մտել էինք ձմեռը, բայց արևահայաց այդ լանջը մերկացել էր առաջին ձյունից և այնպես ջերմ ու հյուրընկալ էր իր դեղնաասաղարթ թփերով, նրանց վրա կարմրին տվող հատապտուղներով և ժայռերի վրա կչկչացող կաքավներով, որ ես տափարակից եկա այդ լանջը և առաջ գնացի նրա լայնքով:

Որսս հաջող չէր, բայց բավականություն էի ստանում ծա-ռերի վրայից և թափված տերևների միջից վայրի պտուղներ գտնելով: Մի ձորակում էլ տերևների տակ ընկույզներ գտա, մի քանիսը ծակ ու դատարկ (սկյուռներն էին դատարկել), կային և անարատ մնացածներ: Վեր նայեցի՝ ժայռի տակ մի ընկուզենի է կանգնած՝ պառաված ճյուղերը կախ: Նրա մոտ նռան ցածրիկ մի ծառ կա, երկու սերկևիլենի:

Որտեղի՞ց է այս ընտանի ծառերը՝ բնակավայրերից հեռու ընկած այս ժայռերում:

Հետաքրքրությունից մղված վեր բարձրացա: Այդ ժայռերը կանգնած էին քարերից մաքրված մի զոգավորության վրա: Այստեղ երևում էին մարդու աշխատանքի հետքերը, ժայռի տակից դեպի ծառերը հանած մի փոքրիկ առվի ցամաքած հուն, իրար զուգահեռ ձգված թմբերի երեք շարք, որոնց վրա իր ժամանակին լոբի են ցանել, այստեղ-այնտեղ ընկած մի քանի ցցեր, մի կոտրած բահ, օջախում մնացած մոխիր, ածուխ, կիսայրված փայտերի կտորներ և մի սալաքար, որի վրա բլիթներ է թխել այդտեղի երբեմնի բնակիչը:

Մեծ ջանքերով բնությունից պոկած այդ հողակտորի տերը, որպեսզի պահպանի իր մշակույթը, ժայռի պատին բրիչով մի խորշ է փորել, որի մեջ քնել է սրթսրթալով կամ պատսպարվել անձրևից: Մի այլ խորշ իր տխուր օրերի միակ ընկերոջ՝ շան բույն է: Վերևի խորշում խոտ է դրել, որ հավաքել է ժայ-ռերի արանքներից:

Մի վերմակի տարածություն բռնող իր այդ ողորմելի հո-ղակտորին ապավինած, ապրել է այդտեղ նա գարնանից մինչև ուշ աշուն և որպեսզի իր քրտինքը բերք տա, ժայռի տակ մի ավազան է փորել, որի մեջ առաստաղից կաթել է գարնան ձնհալից առաջացած այն ջուրը, որ աստիճանաբար ծծվում է փուխր ժայռի մեջ: Կաթիլ առ կաթիլ հավաքել է այդ ջուրը և նրանով ոռոգել իր մի հատիկ ընկուզենին, մի զույգ սերկևիլի ծառը, նռնենին, լոբու թմբերը:

Մենատնտեսի ողորմե՛լի, խղճո՛ւկ կյանք... Պատկերաց-նում եմ, ի՛նչ մռայլ ու ահավոր գիշերներ է անցկացրել շե-ներից ու մարդկանցից կտրված այդ չարքաշ հողագործը...

Աչքը Վարարակի խավար ձորին, ականջը ժայռերից եկող խորհրդավոր ու ահալի ձայներին, թախիծը հոգուն չոքած... Այնքա՛ն այդպիսի քարակոփ կացարաններ կան Զանգեզուրի ժայռերում: Կացարաններ, ուր պատսպարվել են կարի-քից ու չար մարդուց հալածված շինականները, մեր անբախտ պապերը...

ՈՒՇԱՑԱԾ ԽՈՍՏՈՎԱՆՈՒԹՅՈՒՆ

Ես չէի համարձակվում մոտենալ նրան: Այնքա՛ն բարձր, այնքան անհասանելի էր նա ինձ համար: Գեղեցիկ գլուխը հպարտորեն բարձր պահած, խոշոր սև աչքերի նայվածքը վերից վար, արհամարհական, միշտ լուրջ ու խստադեմ այն աղջիկը ակնածանք էր ներշնչում մեզ՝ գյուղական պատանիներիս: Ինձ միշտ թվում էր, որ մի ահագին վիհի մյուս բարձրադիր ափից է նայում նա ինձ, և ես գիտեի, որ այդ վիհը երբեք չի լցվելու: Նա կրթված էր, սիգաճեմ, ճաշակով հագնված: Գյուղաքաղաքի ազդեցիկ մարդկանցից մեկի միակ դուստրն էր, ուստի և մեծամտացած ու երես առած: Տասնչորս տարին դեռ չլրացած, նա արդեն լուրջ օրիորդի տեսք ուներ և իր առավելությունները գիտակցող էակի զուսպ վեհություն: Գյուղաքաղաքի «ֆրանտ» երիտասարդության կռվածաղիկն էր նա, իսկ մեր՝ տավարած պատանիներիս երազանքի առարկան:

Մենք նրան սիրում էինք հեռվից, վարից վեր, քաշվելով ու անհամարձակ, անհույս, առանց ակնկալության, հետևապես և առանց մրցության ու ինտրիգների: Բայց սիրում էինք լեռնեցի պատանու անարատ սիրով: Մենք արտաքուստ կոշտ–կոպիտ էինք, բրդյա հագուստով, մազոտ տրեխներով, մոթալ փափախով, արևվառ դեմքերով ու ճաքճքված ձեռներով: Բայց մեր լեռնային սքանչելի բնությունն այնքա՜ն գեղեցկություններ էր ամբարել մեր ներսում... Ինձ թվում է, թե այն ժամանակ մեր սարահարթերում ինչքան ծաղիկներ կային, բոլորից էլ բացվել էին իմ հոգում, և ամեն առավոտ ջինջ լազուրից անմահական ցող էր իջնում նրանց վրա: Ինձ թվում է, որ այն ժամանակ իմ պատանեկական ալեկոծ հոգուց ես լսում էի մեր լեռնային առվակների կարկաչը, և ջրվեժների շառաչյունը... Ես ծնվել էի վրաններում, մեծացել հոթերի հետ, սնվել անտառներում, նիրհել բացօթյա, աստղերի տակ: Ես բնության մի մասնիկն էի, նրա անտաշ մի բեկորը, ուստի և նրա բարեմասնություններով օժտված:

Հովիվ մարդը երազող է լինում: Գուցե դրա պատճառն այն է, որ նա հեռու է քաղաքի ժխորից և նրա երևակայության թռիչքը չի խանգարվում: Բնության անդորր ու վսեմ խաղաղության մեջ, նրա հեքիաթային պատկերների ազդեցությամբ, երանության ժպիտը դեմքին երազում է հովիվ պատանին՝ իրեն անծանոթ պայծառ ու լուսավոր ափերի մասին ու իր հոգու խորքում գուրգուրում է նրան՝ իր երազանքի առարկային: Լուսածագից մինչև աղջամուղջ լեռան ծաղկոտ լանջին պառկած, ես կլանում էի հռչակված սիրային վեպերը: Ու միշտ էլ իմ կարդացած գրքերի հերոսուհիները— և՛ կապուտաչյա Լիգիան «Հո՞ երթաս»–ում, և՛ «Անգլուխ ձիավորի» Լուիզան, և՛ Մանոն Լեսկոն,— բոլո՛րը, բոլորը ինձ պատկերանում էին այն սևաչյա աղջկա կերպարանքով, — սև, ալիքավոր մազերը, վերև սանրած, զույգ փարթամ հյուսերը մինչև գոտին, թուխ աչքերի նայվածքը լուրջ ու խաղաղ:

Երբեմն ես սարից ցած էի իջնում, գնում գյուղաքաղաք ուսումը շարունակող իմ նախկին ընկերներից գիրք խնդրելու: Տավարածի իմ պայուսակը գրքերով լի ես անցնում էի դպրոցի առաջից, կռթնում էի ցանկապատին ու հաստափոր վեպը բացում,— ընդմիջումին, երբ դուրս գա բակ, թող տեսնի, թե ինչպիսի գրքեր եմ կարդում, թող իմանա, որ ես թեկուզ և տավարած եմ, բայց սիրում եմ գիրքը…

Զանգը հնչելուն պես դպրոցի դռներից դուրս էր հորդում խայտաբղետ պատանիների հորձանքը՝ աշխույժ ու աղմկոտ: Բոլորից հետո, սիգաճեմ քայլերով դուրս էր գալիս նա, աչքերը թեթև կկոցելով, մի հայացքով թեթևակի ընդգրկում էր բակն ու մինչ ընկերներն աղմուկով խաղում էին, նա լրջադեմ ու սառը պատասխանում էր իրեն շրջապատող «ֆրանտ» պատանիների հաճոյախոսություններին: Ոչ մի ժպիտ, քնքշության ոչ մի նշան,— ինչքա՛ն ժլատն է, ինչքա՛ն անմատչելի: Պատահում էր, որ նա նայում էր իմ կողմը: Այդ րոպեներին ես արյանս զարկն զգում էի քունքերումս, դեմքս հրդեհվում էր, ուզում էի թագ կենալ նրա հայացքից: Իսկ նա այնպես սա՛ռն էր, անտարբեր…. Ինձ թվում էր նույնիսկ, որ նա ինձ չի նկատում, նայում է ոչ թե ինձ, այլ այն ծառի բնին, որին մեջքս հենում էի ես:

Այն ժամանակ սիրտս դառնությամբ լիքը, ես շտապում էի դեպի մեր լեռները, հեռանալու մարդկանցից, առանձնանալու բնության գրկում՝ իմ մտքերի ու երազների հետ:

Ուսման ծարավը լափում էր ինձ: Կարիքը, անողոք կարիքը ստիպել էր հորս հանել ինձ դպրոցից և ուղարկել ձմեռանոց՝ տավար պահելու: Ես հոգուս խորքում ձմեռանոց էի տարել ուսման կարոտը և այն աղջկա կարոտը: Այդ կարոտը ուռճանում, կլանում էր ողջ էությունս:

Ես դեն նետեցի իմ գերանդին, վրդովված հորս մենակ թողի խոտհարքում և իջա գյուղ:

Չոր ու ցամաք, բարակ ու ոսկրոտ, անչափ բարի դեմքով իմ ուսուցչուհին աննման հոգի ունի: Նա իրենց տանը վերապատրաստեց ինձ աշնան քննություններին:

Աշնանը ես քաղաք իջա գյուղացի տղայի անվստահությամբ:

Քննությունների ժամանակ իմանալով, թե ինչ գրքեր եմ կարդացել, ուսուցիչները զարմացան: Հայերեն լույս տեսած գրեթե բոլոր գեղարվեստական գրքերը կարդացել էի տավարած ժամանակս: Բայց անկարգ, վայրիվերո: Այնուամենայնիվ սիրտս թնդում էր ուրախությունից,— վերջապես տարիների երազս իրականանում է — ես դպրոցումն եմ, գիմնազիայում, նրան այնքան մոտ…

Քննեցին ռուսերենից: Տուրգենևից մի փոքր կտոր կարդալ տվին «Щенок» վերնագրով: Կարդացի ու պատմեցի միջակ: Այդ «շչենոկ» կոչված փոքրիկ արարածին գտել են փողոցում, տարել են տուն, կաթ տվել, քնեցրել մահճակալում, մեծացրել: Չէ, այս էլ անցավ, հիմի սիրունիկս, դու կտեսնես, թե ինչ կա այս կարկատած շորերի տակ: Ես գիտեմ, որ ոչ սովորելու, այլ անհագ կլանելու եմ ուսումը,— այնքան ծարավի եմ նրան: Ու այն ժամանակ նա չի կարող մտքում ինձ չհամեմատել իրեն շրջապատող դատարկապորտ, անհոգ մեծացող և սվաղված արտաքինով տղաների հետ:

Հանձնաժողովը վեր կացավ, ուրախությունից ալեկոծվում եմ,— ընդունվեցի՛:

Հանկարծ պենսնեի տակից մանր աչքերը փայլեցնելով մի ծեր ուսուցիչ հարց տվեց.

— Իսկ ինչ բան է շչենոկը:

Դե, լեռնական տավարածի մտքով կանցնի՞, որ շան ձագին մահճակալում կքնացնեն, այն ժամանակ, երբ նա ինքը կարպետ է գցում վրան ու բարձի տեղ քար կամ թնն է դնում գլխի տակ:

Առանց տատանվելու և հայկական կոպիտ առոգանությամբ պատասխանեցի.

— Щенок — это малэнки малчик .

Հենց այդպես էլ արտասանեցի,—կոպիտ, առանց փափկացնող հնչյունների:

Ուսուցիչներն իրար երես նայեցին և դիրեկտորն ասաց.

— Կտրե՛լ, ռուսերեն չգիտի…

Ինձ թվաց, թե առաստաղը շարժվեց, պատերը երերացին...

Կարգերը փոխվեցին և մենք՝ պարտիզաններս ցած իջանք լեռներից ու քարանձավներից:

Սակայն տարիներն անցնում էին և մեր միջև եղած վիհը խորանում էր ու լայնանում,— նրանք արդեն 8-րդ դասարանում էին և երևի վաղուց մոռացել էին իմ խղճուկ գոյության մասին: Իսկ ես խուզարկում եմ մեր գյուղի բոլոր «ձալոների» ու տատերի սնդուկները, պահարանները ու ինչ որ տպված թուղթ է ձանկս ընկնում—կարդում եմ: Ես կարդում եմ գյուղական խանութի՝ ապրանք փաթաթելու համար գործ ածվող բոլոր տպագիր թերթերը, որոնք մեծ մասամբ բզկտված հին գրքերից են պոկած լինում: Եվ ծարավը, ուսման ծարավն ավելի է սաստկանում մեջս:

Անհույս ու փշրված սրտով ես իջնում եմ ամառանոցային գյուղաքաղաքն ու հեռվից նայում եմ նրան, ակնածանքով ու գաղտագողի: Ինչքա՜ն է սիրունացել, ինչպե՜ս բացվում է օրը օրին՝ լավ խնամված ծաղկի պես, և ինչպես այդ շքեղ ծաղկի շուրջը մեղուների, թիթեռների ու զեռունների մի բազմերանգ բազմություն է թրթռում…

Երբեմն նա ինձ նայում է այնպիսի հայացքով, կարծես հեռագրաայունին է նայում: Դա խորապես խոցում է իմ սիրտը և ես նորից լեռ եմ բարձրանում, մագլցում ծերպերը որսի հետևից ու հրացանիս որոտով խլացնում վիշտս:

...Մենք քարայրը շրջապատեցինք և երկօրյա կռվից հետո գերեցինք անվանի ավազակների մի խումբ: Ղազախում դա մեծ դիպված էր, և երբ մենք բանդիտներին շրջապատած գյուղաքաղաք մտանք, ողջ բնակչությունը խռնվեց մեր շուրջը: Եկան և դպրոցի աշակերտները: Սիրտս տրոփում է ուժգին,— հիմի նա կտեսնի ինձ՝ հրացանն ուսիս, վիթխարի ավազակապետի թիկունքում: Կզարմանա իմ սրտի վրա, թե ինչպես ե՛ս, իմ փոքր տեղով մասնակցել եմ այդ դաժան կռվին: Ծերպերում փորսող տալիս փշերը չանգռել են իմ դեմքը և արյունը սառել է այտերիս: Ոչինչ, թող այդ էլ տեսնի... Եվ ահա եկավ նա, ահով նայեց բանդիտներին, թռուցիկ հայացք ձգեց մեզ՝ գյուղական կոմունարներիս վրա և շուռ եկավ գնաց:

Քիչ է մնում սիրտս պայթի թախիծից, անճարությունից: Ի՞նչ անեմ, ո՛ւժի բան չի, քաջության բան չի... Ձմեռային մի պայծառ օր հրացանն ուսիս, սպանածս նապաստակը կողքիցս կախ արած, իմ հավատարիմ շունը հետևիցս զգած՝ քաղաք մտա: Նապաստակը ինձ գրքեր տվող ընկերոջս նվեր եմ տանում:

Դիտմամբ ցերեկով եմ գնում, որ նրան դպրոցում պատահեմ ու այնտեղ էլ հանդիսավոր կերպով հանձնեմ: Նա այնտեղ կլինի, անշուշտ մոտ կգա ու կզարմանա իմ որսորդական «հունարով»: Ու ես մտմտում եմ պատրաստի պատասխանը. «Էս ինչ է որ, կխտար էլ եմ սպանում, դուշ էլ եմ երկնքից վեր բերում...»: Նա կզարմանա ու հետաքրքրություն առաջ կգա նրա մեջ դեպի այդ լեռնական պարզ պատանին: Կհարցնի սարերից կպատմեմ: Կասեմ, թե ի՛նչ չքնաղ տեսարան է բացվում ամեն արևածագի Այրի-դաշ բարձր լեռան կատարից, կպատմեմ մեր բնության հեքիաթային գեղեցկության՝ կպատմեմ Հաղարծնի անտառի արջերի, ճանճաքարի վայրի մեղրի ամբարների մասին ու կպատմեմ մեր սարերի անթիվ, անհամար ծաղիկների մասին: Նա կլսի գլխահակ և կխորասուզվի իր մտքերի մեջ, կերազի: Այո՛, ես նրան իր ճղճիմ միջավայրից մտովին մի նոր աշխարհ կփոխադրեմ, բնության աշխարհը, ուր ամեն ինչ անպաճույճ է ու գեղեցիկ և ուր մարդիկ կոպիտ արտաքին ունեն և քնքուշ սիրտ…

Դպրոցի բակում աշակերտները խռնվեցին շուրջս:

Ես որսս հանդիսավոր կերպով հանձնեցի ընկերոջս այն պահին, երբ սնաչյա սիրունիկս «դեպքի վայրն» էր հասել:

Ընկերս ոգևորված իմ նվերից, փաթաթվեց ինձ ու զգացված արտասանեց.

— Շնորհակալ եմ… թանկագին նվեր է, որովհետև դրամով չի գնված, այլ ձեռք է բերված չարչարանքով ու տղամարդությամբ...

Ուրախությունից արյունս գլուխս խփեց և հրճվանքով մտածեցի. «Հիմի որ չես կարող ուշադրություն չդարձնել, սիրունիկս»: Ու աչքիս «պոչով» նայեցի նրան: Նա սիգաճեմ ու գլուխը բարձր պահած մոտեցավ մեր խմբին և առանց ինձ և իմ որսին ուշադրության արժանացնելու, մի կտոր ճերմակ խմորեղեն մեկնեց իմ շանը:

Շունը խորթ–խորթ ու անվստահությամբ նայեց նրան լեռնականի վայրենի հայացքով,— նրա համար խորթ էին այդ աղջկա թափանցիկ նրբին շորերը ու նրանից փչող անուշահոտությունը:

Ես հայացքով թույլ տվի շանս, և նա ագահությամբ բերանեց քաղցրավենին ու բարեկամաբար սկսեց պոչով ավլել գետինը: Աղջիկը համարձակություն ստանալով՝ սկսեց շոյել նրա գլուխը, և այդ պահին ես նրա դեմքին առաջին անգամ լուսաշող մի ժպիտ նկատեցի ու աչքերում զգվանք: Կարծես կանաչ–թավշե բլրին արևածագի ուրախ շողեր խաղացին, կարծես ժպտաց ինքը՝ Ղազախի մայիսյան առավոտը: Խիստ ու մռայլ այդ դեմքը այնպես պայծառ շողաց դեպի այդ կենդանին ունեցած սիրուց, որ մի պահ մնացի հիացմունքից ապշած այդ արտասովոր գեղեցկության առաջ: Ապա հաջորդ վայրկյանին սոսկալի մի միտք, անբացատրելի մի խանդ շամփրեց ուղեղս, «Մի՞թե իմ մեծ սիրով այս շան չափ էլ ուշադրության չարժանացա…»

Այդ տարօրինակ մտքից ինձ թվաց թե սիրտս կանգ առավ, աշխարհ գլխիս պտույտ եկավ և խելահեղ մի ցասումով բռնված, ես հրացանը վզիցս հանեցի տենդագին ու որոտացի ահավոր ձայնով.

— Հեռացե՛ք…

Ու կրակեցի իմ մանկության ընկերոջ, իմ սիրելի շան ճակատին…

Ապա խելագարի վազքով սլացա դեպի անտառ, նետվեցի թփերի մեջ և երեսս խոնավ հողին քսելով՝ դառնագին ու անզուսպ հեկեկացի:

Ես կրակ էլ էի իմ առաջին սիրո վրա ու նրա ողբերգական մահն էի ողբում՝ իմ պատանեկան անարատ հոգու ամբողջ ուժով:

Իմ գիժ, իմ գիժ պատանեկություն, որ մեր ջրվեժների նման փրփրադեզ էիր ու մեր եղնիկների նման թեթևասույր:

Հորդացած գարնան ջրերի նման զգացմունքներս դուրս էին գալիս իրենց ափերից ու արմատահան անում–տանում եզերքին բուսած ծառ ու ծաղիկ, կանաչ ու թուփ: Բողար ջան, մայիսի շաղոտ լուսաբացի և աշնան անձրևոտ գիշերների իմ ընկեր: Դու էլ զոհ գնացիր իմ գիժ զգացմունքների գիժ հորդումին: Ու ինձ թվում է, որ նրան զոհ գնաց և իմ առաջին սերը, որ փթթում էր շա՛տ վտանգավոր տեղ,իմ հոգու լեռնային հեղեղատի ափին…

Այդ դեպքից քսան տարի անցավ; Հորդացած ջրերը հանդարտվեցին և ես դարձա չափավոր ու խոհուն: Կյանքը խուզեց երևակայությանս թևերը և նա այլևս չի ճախրում ամպերից վեր,— նա ներքևում է՝ երկրի վրա…

Ու այժմ ես հաճախ եմ հարցնում ինքս ինձ՝ «Մի՞թե ես որևէ կայծ չեմ առաջ բերել այդ աղջկա հոգում»: Ու հարցնում եմ ինքս ինձ՝ «Տեսնես, կարեկցության մի շող գոնե անցա՞վ նրա հոգով— կարեկցություն ոչ թե սպանվողի, այլ իմ նկատմամբ,— չէ որ նա հասկացավ, անշուշտ հասկացավ, որ ես կրակում եմ ի՛մ սրտին և ե՛ս եմ կարեկցության արժանի իմ փոթորկվող հոգով…»

Ու մեկ էլ հարցնում եմ՝ «Կա՞ արդյոք նա, հիշո՞ւմ է ինձ»…

Ինչ վերաբերում է ինձ, ես եռանդով վանում եմ նրա հիշատակն իմ սրտից ու ինչքան եռանդով եմ վանում, այնքան պայծառ է կանգնում նա իմ մանկության օրերի հուշերում:

...Վերջերս Երևանում ես երբեմն հանդիպում եմ մի անծանոթ տիկնոջ: Կլոր երեսով, թուխ աչք-ունքով, փարթամ իրանով գեր մի կին է դա: Քայլվածքը նախկին վեհության կնիքն ունի, սիրուն աչքերը մռայլ են ու թախիծով լի: Ես ժպիտ չեմ տեսել այդ տիկնոջ դեմքին: Չնայած դրան նա բավական հետաքրքրական է և ինչ-որ հմայք ունի,— թաքուն, անհասկանալի հմայք,— դժվարանում ես որոշել այդ հմայքի աղբյուրը:

Բարեկամուհիս ինձ ծանոթացրեց նրան:

— Ես վաղուց գիտեմ ձեզ,— ասաց տիկինը գրեթե անտարբեր:

— Որտեղի՞ց:

— Կյանքից… գրքերից…. հետո՝ մենք հայրենակիցներ ենք:

— Բայց ես ձեզ չեմ տեսել:

— Դե դուք բարձունքում եք, մենք ստորոտում... դուք մեզ համար տեսանելի եք, մենք ձեզ համար ոչ: Նրա պատասխանն ինձ կոպիտ թվաց: Բայց նա մի փոքր իրավացի է,— ո՛ւր է մնացել ծակ տրեխներով նախկին տավարածը...

— Դուք ձորում էիք մեզ հետ: Ապա հանկարծ հետ թողիք մեզ, անցաք, —հևիհև դեպի կատարն էիք շտապում, — ի՞նչ էր պատահել ձեզ, — հարցրեց նա խուզարկու հայացքով ինձ զննելով:

Ինչ-որ խորհրդավոր էր խոսում այդ տիկինը։

— Շատ բան էր պատահել... Պատահել էր այն, որ այլևս ստորոտում մնալ չէր կարելի, որովհետև վեր գնացողները և՛ արհամարհանքով էին ցած նայում, և՛ երբեմն էլ քար էին գլորում դեպի ցած...

Տիկինը դեմքը խոժոռեց, հանդիմանանքով նայեց ինձ և կտրուկ պատասխանեց.

— Դա ճիշտ չէ...

Բայց ո՞վ է նա, ո՞րտեղից գիտե, թե ինչ եմ ակնարկում ես...

Իր սենյակում ես նայում էի սեղանին դրված ալբոմը։ Եվ ահա այնտեղ հանկարծ ես գտա նրա լուսանկարը և անակնկալից այլայլվեցի։ Ահա կանգնած է նա բարակիրան, իր գեղանի հասակով, սև աչքերով, փարթամ հյուսերը կախ։ Ես նայեցի գեր, կլոր դեմքով տիկնոջը և նրա աչքերը ինձ անչափ ծանոթ թվացին,— կարծես այս տիկինը նրա հարազատ մայրն է կամ ավագ քույրը։ Ես թափով վեր ելա ու գրեթե գոչեցի.

— Դուք նա՞ եք...

Նա ժպտաց և ես երկրորդ անգամ տեսա նրա ժպիտը,— կարծես մռայլ ամպի քողը ետ քաշվեց և թույլ ճառագեց աշնանամուտի արևը։

— Այո, նա՛ եմ... զարմանում եմ, որ չճանաչեցիք։

— Ախր շատ եք փոխվել... միայն աչքերը... այո, նույնն են։

Ես կարկամած զննում էի նրան, հետզհետե հիշողությանս մեջ վերակենդանանում էր քսան տարի առաջ կորցրածս թանկագին էակը և նմանությունը հետզհետե մեծանում։

— Այո, նա եք.... Բայց շա՛տ տարբեր եք նրանից... Նա շատ հպարտ էր, հինգ տարի ես սիրեցի նրան և նրա մի բառին,նրա մի հայացքին անգամ չարժանացա... արտասանեցի ես ցավով ու խուլ բողոքի շեշտով։

Տիկինը ժպտաց, շառագունեց և ասաց ջերմությամբ.

— Դուք իզուր սպանեցիք ձեր շանը… դուք առիթ չունեիք նրան նախանձելու, որովհետև... որովհետև ես ձեզ իրոք սիրում էի… Ես այն ձե՛զ էի շոյում, ձե՛զ էի գուրգուրում... դուք այդ չհասկացաք...

Ասաց ու խոստովանությունից խիստ կարմրեց:

Ես ցավից խորը հառաչ արձակեցի և ինձ թվաց, թե իմ ողջ էությունը լցվեց անհուն ափսոսանքով: Ափսոսանք, սրտամորմոք ափսոսանք իմ իզուր կործանված առաջին սիրո համար, իմ կորցրած Բողարի համար և մեր անցած-գնացած ջահելության համար…

Իմ գիժ, իմ գիժ, ջահելություն, որ երազուն էիր ու խաղաղ՝ Ղազախի ամռան աստղազարդ գիշերի պես, ու սանձակոտոր՝ լեռնային հեղեղի նման...

ՈՐՄՈՐԴԻ ԴԱՏԱՍՏԱՆԸ

Մարագի ներսից դուռը ծեծեցին:

— Էն ո՞վ ա,– ձայն տվեց պահակ Ակոփը՝ դռանը հրացանի կոթով խփելով:

Ներսից մեկն աղաչական ձայնով խոսում էր գերմաներեն:

— Մի արի տես ի՜նչ ա ասում, գիտնական բալա,— ձայնեց լոռեցի ոսկան Ակոփը պահակային ջոկի ամենաերիտասարդ և ամենակրթված մարտիկին՝ Աշոտին:

Աշոտը սովորել էր Լյուքսեմբուրգի (Վրաստան) գերմանական դպրոցում, տեղական գերմանացիների հետ շփում էր ունեցել և գերմաներեն բավական գիտեր:

«Գիտնական բալան» մթնում խարխափելով առաջ եկավ և գերմաներեն ձայն տվեց.

— Ի՞նչ եք ուզում:

Գերմանացին ինչ-որ բան ասաց:
— Ի՞նչ ա ուզում:
— Ասում է՝ թողեք մի րոպեով դուրս գամ, բնական կարիքի համար,— թարգմանեց Աշոտը:
— Ասա ինչ ղալաթ անում ես է՛դտեղ արա,— կտրուկ պատասխանեց Ակոփը:
Տղան թարգմանեց:
Գերմանացին աղաչում էր:
— Ակոփ քեռի, ասում է կողքիս կին կա, անհարմար է, թե աստված կսիրես թույլ տուր դուրս գամ: Իրոք գերիների հետ մի գերմանացի սանիտարուհի կար: «Քեռի Ակոփը» մի պահ մտածեց:
— Որ օղլուշաղ կա, դժար ա... պետք ա մի բան անենք:
— Ինչ բան, հո դուրս չենք թողնի:
— Հլա մի ասա, որ դուրս թողնեմ չես փախչի՞:
Աշոտը թարգմանեց:
Գերմանացին աղաչական տոնով, կերկերուն ձայնով ինչ-որ բաներ ասաց: Նրա ձայնն այժմ ցածից էր գալիս, բստ երևույթին չոքել էր:
— Քեռի Ակոփ, ասում է, երդվում եմ մինուճար երեխուս արևով, մորս գերեզմանով, որ դուրս կգնամ ու էլի խելոք կգամ, մարագը կմտնեմ: Բայց դրա օձի լեզվից չխաբվես, քեռի Ակոփ:
— Խի՞, նա մարդ չի՞ որ,— խոսեց որսկանը:
— Մարդ է, բայց թշնամի է:
Որսկանը մտածմունքի մեջ ընկավ: Նա տատանվում էր: Նա դեռ թշնամի չէր տեսել, նա խոր հավատ ուներ մարդու նկատմամբ: Այդ հավատը մշակվել էր նրա մեջ Լոռու ձորերում, իրենց պապերի ազնվությամբ օժտված պարզասիրտ, բարի որսորդների ու անասնապահների միջավայրում:
— Բա կաթնատու մոր գերեզմանովը սուտ երդում կո՞ւտի,— հանկարծ հարցրեց որսկանը: Նրա տոնի մեջ նախատինք կար «թերահավատ ջահելների» նկատմամբ:

«Ասենք իմ գյուղի առաջից ո՞ւր պիտի փախչի»,— մտածեց նա:

Ու դուռը բացեց:

Շեմքում ցցվեց գերմանացու բարակ—երկար կերպարանքը:

— Սրա անմըդ ի՞նչ ա:

Աշոտը թարգմանեց:

— Հանս Հերման:

— Պա՜հ, ադա էդ հո մեր կոլխոզի չոբան Հանեսի անըմն ա: Հանե՞ս... էդ հո իսկական լոռեցու անուն ա,— պարզասրտորեն ուրախացավ Ակոփը:

— Դե որ ըտենց ա, այ Հանես, գնա էն ծառի տակն ու էլի թեզ ետ արի... համա երդումդ պինդ պահիր, հա՜,…

Աշոտը թարգմանեց:

Գերմանացին գնաց ծառի տակը,— Աշոտը հրացանը մեկնած գնաց նրա հետևից:

— Այտա, ամոթ ա, թող էդ մարդը հալալ իրա բանին կենա,— նախատեց որսորդը:

Աշոտը կանգ առավ: Նա դժգոհ էր որսկանի ծայր աստիճան միամտության ու բարության համար:

Պահակապետն Աշոտին կանչեց և մի տեղ ուղարկեց: Որսկանը մնաց մենակ: Մթնում, ծառի կողմից թմփթմփոց լսվեց:

— Հանես պրծա՞՞ր,— հարցրեց լոռեցին:

Չայն չկա:

— Այտա, Հերմա՜ն:

Ձայն չկա:

«Էդ բալեն մեռածը չլի՞նի ճղեց»,—ահով մտածեց նա և հրացանն առաջ մեկնած գնաց ծառի կողմը:

— Հանե՞ս… այտա, դե պրծի է՞:

Ձայն չկա:

—Հանես հե՜յ,— գոռաց որսկանը լոռեցավարի ու. ինքն էլ սարսափեց իր ձայնից:

Հանեսը ո՞րտեղից…

Որսկան Ակոփին 5 օր բանտ նստեցրին՝ «կալանավորին բաց թողնելու համար»: Ճակատում դա շատ մեծ հանցանք է և շատ ծանր պատիժ է ենթադրում: Բայց դե զորամասում ո՞վ չէր ճանաչում լոռեցի որսկան Ակոփին, ով չգիտեր նրա միամտությունը:

Տարիքոտ որսորդին այս անգամ զիջեցին ու խրատեցին, որ թշնամու նկատմամբ իր բարեսրտությունը մի կողմ դնի:

—Արա՛, գիտնական բա՛լա, ուրեմն էդ անխիղճը խաբեց էլի՜... ուրեմն մոր գերեզմանովը սուտ երդվեց էլի՜...— զարմացած ասում էր որսկանը հաջորդ օրերին:— Բա էդ անօրենը չէր մտածո՞ւմ, որ ես իրեն պատճառով կկորչեմ... էդ էլ իմ լավությունն ա՞...

Եվ դառնացած գլուխը տարուբերում էր ու «ծլթծլթացնում»:

— Աշխարքի բաներին մտիկ է՛, տես մարդիկ ինչքան են փչացել...

Խեղճ մարդը դեռ ծանոթ չէր երկոտանի Բորենիների արյունարբու վարքուբարքին:

***

Զորամասը կռվով առաջ էր գնում:

Ուկրաինական մի գյուղի մոտ շատ դիակներ կային թափթփված: Քիչ առաջ այստեղ մեծ կռիվ էր տեղի ունեցել: Մեկը ձյան մեջ արյուն տալով քարշ էր գալիս դեպի գյուղի ծայրին մեն-մենակ կանգնած տունը ու անծանոթ լեզվով բղավում:

Որսկանը մոտ գնաց:

— Այտա, էս հո Հանեսն ա,— բացականչեց նա զարմացած:

Վիրավորը, մարդուն ճանաչելով՝ սարսափեց: Հավանաբար մտածեց, որ իր վերջը եկել է:

— Աշոտ հե՛յ, ադա Հանեսին գտել եմ, մի դեսն արի է,— գոռաց որսկանը ետ նայելով: Աշոտը մի վիրավոր կարմիրբանակայինի վերքն էր փաթաթում և գուցե նույնիսկ չլսեց էլ:

— Լա՛վ ճանկս ընկար, պարոն Հանես, ես հիմի քեզ տիկ կհանեմ,—փնթփնթաց որսորդը հրացանը լցնելով:

Գերմանացին ձեռքերը վեր տարածած պաղատում էր:

— Հը՛, կաշիդ թանգ ա չէ՞… բա, աննամուս, իսկի մտածում էիր, որ քո պատճառով որսկան Ակոփին բերթ են նստեցնելու: Ես քո էդ սուտ երթում ուտող լեզուդ պետք է քրքահան անեմ:

Ու վրդովված որսորդը ավինը մեկնեց:

Հերմանը հողը լիզում էր ու ինչ-որ բաներ ասում աղաչական ձայնով ու իր թարմ վերքերն էր ցույց տալիս:

«Ասենք, վիրավորին սպանելն էլ մի տղամարդություն չի, օրենքն էլ է արգելում»,— մտածեց Ակոփը և նրա բարկությունն սկսեց հետզհետե իջնել:

«Հիմի արդեն ճանկերիս մեջն է, առաջ անեմ տանեմ»,— մտածեց նա ու հրացանը ետ քաշեց:

— Դե լա՛վ, լավ, ղանչանք մի անիլ, չեմ սատկացնիլ... դուք որ մարդկություն չունեք, գիտեք թե մենք էլ չունե՞նք…

«Յարալու որսը միշտ ջրի վրա է վազում», — հիշեց որսկանն ու ջրամանը դեմ արավ գերմանացուն:

— Ինչ ղալաթ արել ես արել, առ խմիր:

Գերմանացին վախվխելով վերցրեց ջրամանը, գլխին քաշեց ու միանգամից դատարկեց: Ապա պատյանից դուրս քաշեց ատրճանակն ու մեկնեց թե չէ, որսկանը վրա թռավ, խլեց ձեռքից:

— Նամա՛րդ, էդ ի՞նչ բանի ես,— գոռաց նա:

«Չէ, սա անպայման զինաթափ էր լինում… Ես էլ ախմախավարի կարծեցի, թե ուզում ա սպանի…»—մտածեց որսկանը: Մեղմացավ ու իր վիրավոր գերուն օգնելով, առաջ մղելով գնաց դեպի մոտակա կենտ տունը:

«Խի՞, ո՞վ ա տեսել, որ իրան ջուր տվող, իրա սիրտը հովացնող մարդի արինը թափեն... Չէ՛, իմ աչքիս էսպես երևաց… Բա խ՞ի էր գազազած գելի պես մտիկ անում վրես, հ՞ը…»—տարակուսանքով մտածում էր նա ճանապարհին:

Գյուղամիջից դեռ կրակոցներ էին գալիս: Այս ու այն տեղ պայթում էին արկերը:

Տանից մի ծեր կին դուրս եկավ:

— Այ մեր, մի սրա վերքը կապի, շտաբը տանեմ,— դիմեց կնոջը որսկանը:

Կինն ուսերը տարակուսանքով թոթվեց, ըստ երևույթին Լոռվա բարբառը նրա գիտակցությանը չհասավ: Բայց գերմանացու վերքը տեսնելով՝ նա ճղճղաց, ձեռքով–ոտքով նշաններ արավ և տան դռները կրնկի վրա բաց անելով՝ ցույց տվեց տան ներսը: Բնակարանը տակն ու վրա էր արված, ամանեղենը ջարդած, անկողինը, բարձերը գետնին թափթփված,— թալանի թարմ հետքեր:

Լոռեցին հասկացավ:

— Այ մեր, հո սա չի արել, սա ի՞նչ անի... յարալու խսան ա, մի շոր բեր փաթաթի...

Պառավը հետզհետե հանդարտվեց ու հենց նախասենյակում փաթաթեց զինվորի վերքը:

Որսկանը գոհ սրտով դուրս եկավ տնից և դես ու դեն նայեց: Բաց դաշտի կողմից մի խումբ գերմանացիներ գրոհում էին գյուղի վրա: Քարե ցանկապատի տակ կարմիրբանակայինները շարված անընդհատ կրակում էին գրոհի եկող խմբերի վրա: Որսկան Ակոփը պատի տակով կուզեկուզ առաջ վազեց, մի հարմար դիրք բռնեց ու սկսեց կրակել:

Փամփուշտը վերջացավ: Նա պայուսակից հանեց Լոռուց հիշատակ մնացած միակ «դում — դում» փամփուշտը: Լոռում նա ուներ այդ փամփուշտից, արջի որսի համար: Այդ փամփուշտը նրա հուշերը թարմ էր պահում, իր որսորդական քաղցր օրերի հուշերը»: Հենց դրա համար էլ Լոռուց բերել էր հետը...

Նա փամփուշտը դրեց փողի մեջ ու նշան բռնեց:

«Չէ՛, նամարդություն ա, սրանով մարդի վրա չեն կրակիլ,– մտածեց նա ետ քաշվելով:

Ինչ-որ տեղից մեր գնդացիրները մի ակնթարթում

հնձեցին գյուղի վրա գրոհող խմբերին: Դաշտում կենդանի մարդ չմնաց:

«Յարաբ ի՞նչ էլավ Հանեսը»,— մտածեց որսկանը, դեպի ծանոթ տունը քայլելով: Գնում էր իր գերուն շտաբը տանի:

Գյուղը կռվով մեր ձեռքն էր անցնում: Այս ու այնտեղ ծուխ ու բոց երևաց. նահանջող գերմանացիները հրդեհում էին տները: Ահա բոց է ժայթքում նաև ծանոթ տան պատուհանից:

— Պա՛հ, ես ձեր անօրեն...— ու մի ծանր հիշոց արձակելով՝ որսկանն առաջ վազեց:

Ծանոթ պառավը լեղապատառ դուրս թռավ տնից ու ճչալով դույլը ձեռքին վազեց դեպի ջրհորը: Մինչ որսկանը բակը կմտներ— կինը ջրով լիքը դույլը ձեռքին վազեց տուն, որ հրդեհը հանգցնի, բայց հանկարծ շեմքում փռվեց:

—Էս ի՞նչ էր, այտա…

Նույն վայրկյանին շեմքում երևաց վիրավոր գերմանացին որևէ տեղից ճանկած մի հրացան ձեռքին:

Որսկան Ակոփի մեջ կարծես մի բան դղրդոցով փուլ եկավ և իր հետ կործանեց, տակով արավ նրա պապենական բարությունը: Եվ լռեցի որսկանը, որ իր կյանքում ոչ մի մարդու վատություն չէր արել, պայթուցիկ գնդակավոր փամփուշտը հանեց պայուսակից, տենդագին լցրեց հրացանը ու ահարկու ձայնով որոտաց.

— Նամա՛րդ…

Եվ նշան բռնելով՝ ձգանը քաշեց: Գերմանացու գանգի կտորներն օդը թռան…

— Ձեր բոլորիդ «դում–դում» գյուլլով պետք ա սատկացնել... անհոգի, նամարդ օձեր….— ասում էր որսկանը հատ-հատ, հուզմունքից դողալով:

ՄԱՆԿԱՊԱՐՏԵԶԻ ԴԱՍՏԻԱՐԱԿՉՈՒՀԻՆ

Ես վաղուց չէ, որ վայր եմ դրել տավարածի մահակը: Ամառանոցային կոկիկ այս քաղաքում ես սարից նոր բերած եղնիկի նման ամեն քայլափոխին դես-դեն եմ նայում խրտնած: Ինչքա՜ն մարդիկ կան այդ ամառանոցում և ինչ տեսակ հագուստներ ասես, որ չեն հագնում: Բոլորն անծանոթ, բոլորն անմատչելի: Եվ ինչ զարմանալի կարգեր ասես, որ չկան, այդտեղ—մարդիկ անտառում փոխանակ թփուտներում վազվզելու՝ կոկիկ ճանապարհներով են քայլում, և ոչ ոք ծառ չի բարձրանում: Ծառ ու ծաղիկ պատած են փշալարերով, և ոչ ոք չի վազում կանաչի միջով ու չի թավալվում: Աթուրմա, լախտի խաղացող էլ չկա... Բնության մեջ լինել ու աթուրմա չխաղա՞լ ... Տարօրինակ է, շատ տարօրինակ ու անհասկանալի:

Քեռիս, որ աշխարհ տեսած, զարգացած մարդ է, Հանքային Ջրերի քարտեզը ձեռքս է տվել ու պատվիրել լինել բոլոր նշանավոր վայրերում: Բայց երեք օր է, ինչ այստեղ եմ և դեռ ոչինչ չեմ տեսել, այս ժխորից դեռ միտքս չի պարզվել, շփոթությունս դեռ չի անցել: Ամառանոցն ապրում է իր ուրախ կյանքով, էստրադաներում հնչում է Չայկովսկու դյութիչ երաժշտությունը, աշխատավոր մարդն առողջանում ու բերկրանքով վայելում է այդ աննման ամառանոցի բարիքները, իսկ ես, անընկեր ու անլեզու, ամեն օր որոշ ժամերի վաննա եմ ընդունում, զանգի կանչով օրական ուտում եմ չորս անգամ, թփուտներում պառկած գիրք կարդում, իսկ իրիկնադեմին միայնակ սար եմ բարձրանում վերջալույսը տեսնելու: Ախ, այդ երկրի ծիրանագույն, դյութիչ վերջալույսը...

Մի օր էլ վճռեցի հենց առաջին պատահած մարդուն ցույց տալ քեռուս տված քարտեզը և իմանալ, թե որտեղ են դրանք՝ իմ տեսնելիք վայրերը, և ինչպես կարելի է ընկնել այնտեղ:

Այգում, նստարանի վրա համեստ դեմքով մի տիկին նստած գիրք էր կարդում: Ռուս է: Ափսոս, որ ռուսերեն վատ եմ խոսում, և այդ է պատճառը, որ այստեղ ոչ ոքի հետ չեմ ընկերանում: Բայց միայն դա չէ, այլև իմ բնական ամոթխածությունը, հետամնաց գյուղի, նախկին տավարածի ամոթխածությունը, որ ես բերել եմ հետս մեր սարերից: Այդ ամոթխածությունն էր պատճառը, որ ես մի քանի օր առաջ Սև ծովի ափերից փախա Կիսլովոդսկ: Հազարավոր տղամարդ ու կին միասին լողանում էին ծովում և կիսամերկ փռվում ավազի վրա՝ կողք–կողքի... Իսկի տեսնվա՞ծ բան է դա...

Ու հիմա կանգնել եմ այդ տիկնոջ առաջ կարկամած ու ամաչում եմ նույնիսկ շուռ գալ, գնալ:

Նա գլուխը բարձրացրեց և հավանաբար իմ գեղջկական կարմրած դեմքից դրությունս հասկանալով, սիրալիր ժպտաց ու հարցրեց.

— Ի՞նչ եք կամենում, երիտասարդ:

— Ներեցեք, ես... ես... չգիտեմ ու՞մ դիմեմ...— կմկմացի ես:

— Նստեցեք և խոսեցեք համարձակ, դուք հավանաբար առաջին անգամն եք լինում ամառանոցում,— ասաց նա այնքան բարեկամաբար, որ ես սիրտ առած՝ նստեցի ու սկսեցի իմ կոտրտված ռուսերենով:

— Այո, առաջին անգամ... Մենակ եմ, ուզում եմ նշանավոր տեղեր տեսնել, բայց ցույց տվող չկա.... ա՞յ, օրինակ Լերմոնտովի սպանվելու տեղը...

— Էլի ի՞նչ տեղեր կուզենայիք տեսնել,— հարցրեց նա հետաքրքրությամբ ինձ զննելով:

Ես պատասխանի փոխարեն ծոցիցս հանեցի քռուս տված քարտեզը, որի վրա կարմիր մատիտով նշաններ կային արած:

— Քեռիս է տվել, որ գնամ, բոլորը տեսնեմ,— թոթովեցի ես:

Նա բարեսրտությամբ ծիծաղեց՝ ցույց տալով իր սիրուն ատամների ճերմակ շարքերը:

— Քեռի՛դ, որտեղա՞ցի է քեռիդ:

Ինչպես դուք կխոսեցնեիք թոթովախոս ու միամտաբար դուրս տվող մանկան, նույնպիսի հետաքրքրությամբ ինձ հարց ու փորձի ենթարկեց երկնագույն աչքերով, փոքրիկ, ձվաձև դեմքով այդ տիկինը: Իսկ երբ իմացավ, որ ողջ կյանքս սարերում, վրաններում ու ձմեռանոցներում է անցել, երբ իմացավ, որ որսի հետևից ամեն ձմեռ թափառում եմ անտառներում ու ձորերում, նրա հետաքրքրությունը բազմապատկվեց, նրա համար ես արդեն զյուտ էի կամ հազվագյուտ հետաքրքիր մի արարած այդ կուլտուրական ամառանոցում:

— Ո՞ւր կուզեիք գնալ այսօր, — հարցրեց նա վեր կենալով:

— Մեկ է, թեկուզ Լերմոնտովի մենամարտի տեղը: Կա՞սեք ինչպես գնամ:

— Ես կուղեկցեմ ձեզ,— ասաց նա և ավազ քրոջ մտերմությամբ թևս վերցրեց, ապա քիչ քայլելուց հետո ասաց կիսակատակ...

— Անշնորհք, թևանցուկ անել էլ չգիտե:

Ըստ երևույթին սաստիկ կարմրեցի, նա կանգնեց ու դեմքիս նայելով՝ ծիծաղելով ասաց.

— Ինչպե՛ս գույնն անմիջապես փոխում է... է՜, երիտասարդ, լավ է, որ դեռ հոգով անարատ եք մնացել:

Սատանան տանի, թևանցուկ արած քայլել չեմ կարողանում, ինչպե՞ս քայլեմ, որ կողքին չքսվեմ, ոտս ոտին չառնի, ա՜խ, իմ այս անճոռնի ոտքերը...

Ես բառեր ճարեցի մտքումս ու ասացի.

— Գիտե՞ք, ճիշտն ասած՝ ուղիղ տեղով քայլած չկամ, դժվար է ուղիղ տեղով քայլել... իսկ թևանցուկ առաջին անգամն է... ներեցեք...

Եվ թևը բաց թողեցի: Կարգին քրտնել էի:

Նա այնպես ուրախ քրքջաց, և այդ ծիծաղն այնքան զնգուն ու դուրեկան էր:

— Ի՛նչ հետաքրքիր արարած եք, աստված վկա, ես

Մոսկվայում հարյուր հազար մարդ եմ ճանաչում, ոչ մեկը ձեզ նման չի:

Կարգին ծիծաղում է վրաս. երևի իրոք շատ անճոռնի արարած եմ...

Այդ օրը եղանք Լերմոնտովի մենամարտի վայրում: Գլխարկս հանեցի ու հուզմունքով նայեցի հանճարեղ պոետի արձանին:

Տիկինը թաքուն հայացքով զննում էր ինձ: Այս անգամ չծիծաղեց վրաս, ըստ երևույթին, չուզեց վիրավորել զգացմունքներս: Նա Լերմոնտովի «Դև»–ն արտասանեց կարծես իր համար, բայց հետզհետե հափշտակվելով:

Վա՜հ, այս ինչքա՜ն լավ, ինչքան երաժշտական է արտասանում: Սա անպայման ակումբներում արտասանելիս կլինի:

Վերադարձանք և բաժանվեցինք քաղաքային զբոսարանում: Բաժանվելիս հարցրի.

— Իսկ ձեր անունը կարելի՞ է իմանալ:

— Ինչ կարիք կա... միևնույն է, այլևս չենք պատահելու: Ասում է՝ չարաճճի հայացքով զննելով դեմքս, կարծես ուզում է իմանալ, թե ինչ տպավորություն կթողնի իր ասածը:

Ես մռայլվեցի:

— Բա քեռուս ասած մյուս տեղերն ո՞վ պիտի ցույց տա,— քրթմնջացի ես դժգոհ:

— Է՜, երեխա՜, երեխա՜, խռովել է՞լ գիտես,— հնչեց նրա երգեցիկ ձայնն ու զնգուն ծիծաղը: Նա ձեռքը մեկնեց ինձ ու մտերմությամբ ասաց, կարծես ինձ մխիթարելու համար.

— Նո՞ւ, մի՜ խռովիր, առավոտյան ժամը տասին եղիր այսօրվա հանդիպման վայրում:

Ես ուրախ սեղմեցի նրա ձեռքը, բայց ի՜նչքան նուրբ, ինչքան քնքույշ է այդ ձեռքը, որ այնպես անօգնական է պատսպարվել իմ ահագին թուխ ու կոշտ ափի մեջ:

Ես մի պահ կարկամել եմ: Նա հասկանում է, դեմքին կեղծ խիստ արտահայտություն է տալիս ու զգուշությամբ ձեռքը քաշում ափիցս: Մի պահ ձեռքս օդում մեկնված է մնում:

— Նո՛ւ, բարի գիշեր, մի՛ մոլորվիր,– լսում եմ նրա հնչեղ ձայնը:

Թեթև սրտով բարձրանում եմ աստիճաններով: Ի՜նչ լավն է, ի՜նչ բարի այդ տիկինը, անպայման մանկապարտեզի ուսուցչուհի կլինի,— նրանք սովոր են բոլորի հետ վարվել, ինչպես երեխաների հետ: Այնպե՜ս բարի են լինում մանկապարտեզի դաստիարակչուհիները:

Մյուս օրը, պայմանավորված ժամին ես մոտեցա ծանոթ նստարանին: Նա էլի երեկվա գիրքն է կարդում: Այնպե՜ս պայծառ, այնպե՜ս մտերիմ է ժպտում նա ինձ: Նույնիսկ ինձ թվում է, թե քրոջ կարոտ կա նրա հայացքում:

— Նո՞ւ, լա՞վ քնեցիր, չոբան,— հարցրեց նա կատակով,— Քեռիդ է՞լ ի՞նչ է պատվիրել: Ու ծիծաղում է զրնգուն, այնպես դուրեկան ծիծաղով: Եթե հնարավոր լիներ ձայնագրել այդ ծիծաղը...

— Քեռիս պատվիրել է, որ «Օդի տաճար»–ն էլ տեսնեմ:

Վեր է կենում, ձեռքս բռնում, ու տերրասներով վեր ենք բարձրանում:

Թիկունքից անտառապատ բլուրներ են բարձրանում, որոնց գագաթները բաց են ու ծածկված ալպիական կանաչով: Մենք դուրս ենք գալիս անտառից ու մտնում ծով կանաչի ու ծաղիկների աշխարհը...

Այդտեղ իսկապես ոչ մի «տաճար» գոյություն չունի, հենց ինքը ողջ բնությունը, այս չնաշխարհիկ բլուրները, ուր ստեղծագործ հուզմունք են ապրել ռուս ժողովրդի հանճարները՝ Պուշկինը, Լերմոնտովը, այս աննման վայրերն իրենք են «տաճար»՝ «օդի տաճար»...

Ես բնության զավակ եմ և կարիք չկա, որ սիրունիկ ուղեկցուհիս ինձ բացատրի, թե ինչո՞ւ է այդ վայրը կոչվում «օդի տաճար»:

Աշխարհ ու ընկեր մոռացած, տարված նայում եմ հեռո՜ւ, հեռու հորիզոնում մինչև ամպերն իրար վրա բարդ-բարդված, իրար թիկունքից ավելի ու ավելի վեր ելնող, մանիշակագույն մշուշով քողարկված Կովկասյան լեռներին:

Նայում եմ Էլբրուսի ճերմա՛կ–ճերմակ գագաթին, և հոգիս, բնությանը սովոր հոգիս թռչում է դեպի այդ անծանոթ ու փառահեղ լեռնաշխարհը, դեպի Մեծ Կովկասի մթին ծմակները, ուր վխտում են եղջերվի նախիրներն ու այծյամների հոտերը:

Ուղեկցուհուս հայացքն ինձ է զննում, նա երևի ուզում է իմանալ, թե ի՞նչ է կատարվում իմ մեջ:

— Ա՛խ, այնտեղ լինեի՝ հրացանը ձեռքիս, գոնե մի շաբթով, գոնե մի շաբթով… զառանցողի նման շշնջացի ես:

— Ի՞նչ,— հարցրեց նա ականջը մոտեցնելով: Ես սթափվեցի ու թարգմանեցի ասածս:

— Ի՛նչ տարօրինակ մարդ ես, քեզ Մոսկվա պիտի տանեմ՝ Ակադեմիական Մեծ Թատրոնի դերասանների հետ ծանոթացնելու:

— Մոսկվա՞, Մեծ Թատրո՞ն... ի՞նչ գործ ունեք դուք այնտեղ:

— Կատակ եմ անում, ես Սիմբիրսկի գյուղերից եմ:

... Մենք զառիվայրով ցած ենք իջնում:

Նա թեև պարզ շորերի մեջ է և հասարակ սանդալներ ունի հագին, բայց դժվարանում է:

Ներքևում, անդունդի վրա հաղարջի ու մոռի թփեր կան կախված:

— Գնանք, ի՛նչ կլինի, գնանք քաղենք,– թախանձեցի ես:

— Ի՛նչ, գժվե՞լ ես, այստեղից վայրի այծն էլ չի կարող իջնել,— ասում է նա ու երկյուղով նայում անդունդի հատակին, ուր կիսախավարի միջից լեռնային վտակի վշվշոցն է լսվում:

Այս անգամ էլ ես եմ ծիծաղում՝ կոպիտ ու լիաթոք:

— Էս հո իսկական կոկիկ մայթ է:

Ու մի քանի ոստյունով զառիվայրով ինձ ձորը նետեցի:

Նա բռնել է մի ճյուղից, ցած է կռացել, ու սարսափահար անդունդին է նայում ու կանչում.

— Ստյո՛պա, Ստյո՛պա...

Ի՛նչ զվարճալի է քաղաքի փափկասուն տիկինների հետ վայրի թավուտում լինել:

Մոռի ու հաղարջի պտուղներով ծանրաբեռնված ճյուղերի մի ահագին խուրձ գրկած՝ զառիվայրով վերև եմ վազում, թեթև ուստոստալով, ուզում եմ զարմացնել նրան:

Ի՛նչ կարճ է օրը: Նորից արևը խոնարհվել է, ահա պռունկը կընկնի բլրին:

Մենք իջանք քաղաք:

— Ի՛նչ կլինի միասին գնանք ընթրիքի,— խնդրեցի ես:

Նա չգիտես ինչու, դժվարանում է:

— Ա՞յդ էլ քեռիդ է պատվիրել,— ասաց նա: Ու աչքերը, չարաճճի աչքերը ծիծաղում են:

— Այո՛, քեռիս է պատվիրել... Ասել է՝ ռուս աղջիկների հետ ման կգաս, որ ռուսերեն սովորես:

— Լա՛վ, որ քեռիդ է պատվիրել, գնանք,— ասաց նա ծիծաղելով,— բայց այն պայմանով, որ ե՛ս քեզ հյուրասիրեմ:

Ու հարցական նայում է:

— Ի՞՛նչ, բա իմ գլխին փափախ չկա՞,— վիրավորվեցի ես:

Այդ նրան է՛լ ավելի հետաքրքրեց:

— Ի՞նչ փափախի հարց է,— հարցրեց նա ժպտալով:

— Բա տեսնված բա՞ն է, որ կինը տղամարդուն պատվի,— մեր երկրում էդպիսի բան չկա:

— Ա՛հ, չոբա՛ն, չոբա՛ն, գնա՛նք:

ա աչքով-ունքով ինձ սաստելով ստիպեց, որ էժանագին ճաշեր պատվիրեմ, բայց տեսնելով իմ համառությունը, ասաց,– սա օտար երկիր է, որ փողդ վերջացավ, ինչպե՞ս ես վերադառնալու, սնապարծություն մի անի,— մեծ քրոջ նման խրատեց նա ու ինքը պատվիրեց ընթրիքը (իհարկե էժանագին տեսակներից): Ես շատ անհարմար դրության մեջ էի:

«Երևի համեստ ապրող ուսուցչուհի է»– անցավ մտքովս: Բայց այս ինչ է, դիմացի փառահեղ սրահից, արվեստի ու գրականության ինձ քաջ ծանոթ հայտնի մարդիկ վեր են կենում, գլուխ տալիս ու ժպտում իմ ուղեկցուհուն:, Տիկինը սիրալիր ժպիտներով պատասխանում է նրանց ողջույններին: Բայց ինչու են այդ մարդիկ տարակուսանքով ուսները թոթվում, քչփչում իրար հետ ու մեզ նայելով՝ ժպտում: Ում հետ եմ նստած ես, և ինչ տարօրինակ բան կա, որ վուշի պարզ շորերով, հասարակ սանդալներով այդ տիկինը ինձ հետ է նստած ճաշարանում:

Այդ երեկո բաժանվելիս գրեթե խստությամբ հարցրի՝ անցնելով «դու»–ի:

— Ինչո՞ւ էին մեզ նայում էն մեծամեծները:

— Սատանան նրանց տանի, ես ինչ գիտեմ:

— Բայց ո՞վ ես դու:

Զգում եմ, որ հարցիս մեջ սպառնալիքի շեշտ կա—ի՛նչ մեղավոր բաներ ասես, որ չեմ մտածում այդ համեստ տիկնոջ մասին,— ինչո՞ւ պիտի թեկուզ այն գեներալ-մայորը ժպտալով խոնարհվեր սրա առաջ,— այստեղ մի բան կա, սա երևում է, որ շատերի հետ է «սիլի-բիլի» անում...

Ես տանջվում եմ այդ մտքերից, իսկ նա ծիծաղում է, անվերջ ծիծաղում— կրկեսի ա՞րջ եմ սրա համար, ի՛նչ է, ինչո՞ւ է վրաս ծիծաղում: Ու վրդովված շուռ եմ գալիս ու գնում քնելու: Այո, կոպիտ, առանց «բարի գիշեր» մաղթելու:

Մյուս օրը այգի չգնացի: Ով գիտի ով է... մենակ ես եմ, որ հիմար պարզամտությամբ տարվում եմ հենց առաջին պատահածով, ու ամեն ժպտացող ինձ բարի ու անմեղ է թվում: Չէ, իմ քեռին այդպիսի բան չի ասել: Սա ամառանոց է, երկրի բոլոր ծայրերից ամեն տեսակ մարդիկ գալիս են այստեղ, ով գիտի ինչ պտուղ է:

Բարձրանում եմ «օդի տաճար»–ը, բլուրն անց եմ կենում ու նստում ձորի պռնկին: Երեկ այս ձորից մոռ քաղեցի: Ի՛նչ անզուսպ, մանկան հրճվանքով նա ընդունեց մոռի ճյուղերը և կրծքին սեղմեց: Անմեկին մի տխրություն է համակում ինձ, և թվում է, դա ոչ թե երեկ էր, այլ շա՛տ վաղուց... Թփերի արանքից դեռ նրա երկյուղած հայացքն եմ տեսնում ու լսում տագնապալից կանչը՝ «Ստյոպա՛, Ստյոպա՛...»:

Չէ, հիմարություն է, նրա ողջ հոգին իր անարատ պարզությամբ արտացոլված է աչքերի մեջ: Նա չի կարող վատ արարած լինել, այդ անկարելի է, այդ քեռիս է մեղավոր՝ իր ավելորդ զգուշավորությամբ:

Ես վար ցատկեցի, անտառոտ լանջով վազեցի ցած, մտա քաղաքային այգին և դեռ հեռվից տեսա նրան՝ ծանոթ նստարանին նստած, գիրքը ձեռքին:

— Անշնո՛րհք, անշնորհք կավալեր, ո՞ւր ես կորել, ձեռքը մեկնելով ասաց նա:

Չէ, լավ է, վիրավորված չէ, էլի նույն վճիտ հայացքը, էլի նույն բարությամբ ժպտացող աչքերը:

— Ներիր, ընկեր, ընկեր... գոնե անունդ իմանայի:

— Նու, անունը կարևոր չէ, հանիր քարտեզդ, տեսնենք քեռիդ է՛լ ինչ է պատվիրել,— խոսքս կտրեց նա:

Ես քարտեզը հանեցի ու կարդացի կարմիր նշանները,— ժելեզնավոդսկ, էսենտուկի...

— Լավ, գնանք Ժելեզնավոդսկ:

Գնացքից իջնելիս նա ուշադիր տնտղեց արտաքինս, ձեռքով հարդահարեց բլուզիս ծալքերն ու ասաց.

— Այսօր մաքուր ես հագնվել, միշտ պետք է մաքուր հագնվել:

Ու այնպես է ասում, որ չվիրավորվեմ, և ինչպե՞ս կարելի է վիրավորվել այդ պարզ ու հարազատ արարածից:

Բայց էլի շառագունում եմ, սատանան տանի, եթե չլիներ իմ այս կարմրելը, երևի կրկեսի կենդանու նման հետաքրքրություն առաջ չբերեի:

Մենք ծառի հովում, կանաչի վրա պառկած զրույց էինք անում: Ես արվեստի ու գրականության մասին եմ խոսեցնում, չէ՞ որ ես կուլտուրայի ծարավ եմ, ինչքա՛ն եմ երազել սովորելու մասին, քաղաքի թատրոնի մասին: Իսկ նա շարունակ խոսքը փոխում ու վրանների կյանքից է պատմել տալիս:

— Ինչ կլինի մի բան սուլես,— թախանձեց նա,— այնպիսի մի բան, որ լսած չլինեմ:

Ես կարմրելով սուլեցի մեր սարերում հայտնի «Չոբան բայաթի»-ն: Չգիտեմ հասկացա՞վ, թե ոչ, բայց երբ իմացավ, որ մեռած հովվի մոր երգն է՝ ուղղված անտեր մնացած հոտին, զգացվեց, և նրա սիրուն աչքերում արցունքի շիթեր երնացին: Ես սիրտ առած սուլեցի աշուղի երգն «Ալմաստ» օպերայից: Նա կլանված լսեց ու խնդրեց.

— Ստյոպա, ջանիկ, սովորեցրու ինձ այգ երգը, ուղղակի հայերեն սովորեցրու:

Ու մինչ արևը մտնելը ես եռանդով սովորեցնում էի այդ սքանչելի երգը:

Բայց չնայած իմ թախանձանքին, այդ երգը նա չերգեց, և այնպես էլ չիմացա բնությունը ձայնով օժտե՞լ է նրան, թե ոչ:

Այդ երեկո նա կտրականապես հրաժարվեց ընթրիքի գալուց, բայց երբ տեսավ, որ վիրավորվում եմ՝ ասաց.

— Ընթրիքի դրամով տոմսեր կգնես, կգնանք «Եվգենի Օնեգին» օպերան տեսնելու, այսօր Մոսկվայի Մեծ Թատրոնի խումբը գաստրոլի է եկել: Դու կարդացե՞լ ես «Եվգենի Օնեգին»–ը, հանկարծ դարձավ նա ինձ:

— Այո, բայց վատ եմ հասկացել:

— Ո՞վ է քեզ ավելի դուր եկել:

— Տատյանան. սիրում եմ նրա երազկոտ ու թախծոտ բնավորությունը: Նրա համեստությունն ինձ դուր է գալիս: Մեր գյուղի աղջիկներն էլ էին ամաչկոտ ու համեստ... նա կանգ առավ և հարցական նայեց ինձ: Ես նկատեցի, թե ինչպես նա իմ վերջին բառերից ցնցվեց: Երևի զգաց, որ իրեն եմ ակնարկում: Մի պահ բարձր արժանապատվությամբ վերևից ներքև նայեց, ապա էլի իսկույն մտավ իր դերի մեջ— պարզասրտորեն ծիծաղեց և ուսիս խփելով ասաց.

— Գնանք ներս... Լավ կլինի, որ ձեր գյուղն էլ, ձեր գյուղի համեստ աղջիկներին էլ մոռանաս:

Դրամը ձեռքիցս վերցրեց և էժան տոմսերից գնելով, մնացորդն ինձ մեկնեց:

— Կարմրելու կարիք չկա, վաղն առանց կոպեկի ես մնալու,և այն ժամանակ ապրանքատար գնացքով էլ չեն տանի քեզ քո հայրենիքը... Լեռնցու հիմար ինքնասիրությունդ էլ թույլ չի տա, որ ինձանից, մի ռուս կնոջից փող վերցնես, ի՞նչ կլինի այն ժամանակ քո դրությունը...

Մենք տեղավորվեցինք վերնահարկում, ուր մեծ մասամբ «կրկեսի հասարակությունն» էր տեղավորված՝ աղմկարար և ուրախ: Դիմացի կերպասապատ օթյակից մեր Միության նշանավոր գրողներից երկուսը (այո, հենց նրանք, ես նրանց լավ եմ ճանաչում) վեր կացան և հարգանքով գլուխ տվին ուղեկցուհուս:

Նրանց դեմքին ես տարակուսանք կարդացի, կարծես ասում էին՝ «Այդ ո՞ւր եք ընկել, տիկին այսինչ»:

Ուղեկցուհիս բարեսրտորեն ժպտաց և աչքով ինձ ակնարկեց: Նրանք ծիծաղեցին ու գլուխները շարժեցին, կարծես ասում էին՝ «Ի՛նչ օյինբազն է այդ տիկին այսինչը»:

Ընդմիջումներին զբոսնելիս նա ինձ բացատրում էր Չայկովսկու երաժշտության այնպիսի նյուանսներ, այնքան պա՛րզ ու խորը, որ ես զարմանում էի նրա երաժշտական կարողությունների, նրա նրբին ճաշակի վրա: «Երևի մանկապարտեզում երաժշտության դասեր է տալիս»— մտածեցի ես:

Ու նրա բացատրություններից հետո Չայկովսկին սկսում էր ինձ աստիճանաբար հասկանալի դառնալ, թեև մինչ այդ էլ նրա լիրիկական մեղեդիները ես բնազդով ըմբռնում էի— չէ՞ որ լեռը, հովը, բնությունը ներդաշնակ ձայներ շատ ունեն, և դրանք հասկանալի են իմ հոգուն: Ես դա հասկացրի իրեն: Նա ուրախացավ:

— Գիտեմ, հովիվները շատ երաժշտական մարդիկ են, քեզ միայն կուլտուրան է պակասում, շա՛տ կարդա և թատրոն ու օպերա շա՛տ գնա:

Ինչքա՛ն լավ է նրա ներկայությունը, նրա փափուկ քայլը, տաք շունչն ականջիս մոտ ներկայացման պահին: Բայց արյունս պղտորվում է, երբ ընդմիջումներին «բարձր հասարակությունը» օթյակներից լոռնետներով մեզ է նայում, ժպտում, աչքերով ակնարկներ անում:

Ներկայացումից հետո մենք թևանցուկ անցանք լուսնի լույսով ողողված ծառուղիներով և կանգ առանք իմ սենյակի առաջ: Երբ նա ձեռքը մեկնեց, որ «բարի գիշեր» ասի, ձեռքն ափումս հպած խնդրեցի.

— Ինչ կլինի, գնանք ինձ մոտ:

— Օհո՛, այդ չեղա՛վ, այդ է՞լ է քեռիդ պատվիրել,— ասաց նա մատը վրաս թափ տալով: Ու էլի աչքերը, չարաճճի աչքերը ծիծաղում են:

Գուցե կգա, երևի «նազ է անում»:

— Գնանք,— պնդեցի ես:

Նա այնպես լրջացավ և այնպես վեհորեն արժանապատվությամբ նայեց ինձ, որ ես նսեմացա, փոքրացա նրա առջև: Երեկ էլ այդպես նայեց ինձ, և բոլորովին այլ կին դարձավ՝ անմատչելի, բարձր...

Բայց դա էլի միայն մի պահ տևեց: Նա նորից պարզամտորեն ծիծաղեց և ուսիս խփելով ասաց.

— Գնա, գնա, և հանգիստ քնիր: Միայնա՛յն արա, ինչ քեռիդ պատվիրել է:

Ապա հանկարծ հարցրեց.

— Վաղը կգա՞ս կայարան ինձ ճանապարհ դնելու:

— Ու՞ր,— հանկարծակիի եկա ես:

— Գնում եմ տուն:

Ես մնացի շվարած: Այդպես ուրեմն, այլևս ողջ կյանքումս երևի էլ չտեսնեմ նրան:

— Նու, նու, մի՛ տխրիր, էլի կպատահենք, դե բարի գիշեր:

— Գոնե ասացեք ով եք, ձեր անունը, հասցեն...— թախանձեցի ես նորից՝ «դուք»–ին անցնելով:

Չգիտես ինչու, դժվարանում է, բայց չի էլ ուզում մերժել, չի ուզում սիրտս կոտրել:

— Լավ,— ասաց նա քիչ տատանվելուց հետո,— ահա իմ այցետոմսը:

Եվ ռեդիկյուլից մի այցետոմս մեկնեց ինձ:

Մենք բաժանվեցինք:

Սենյակ մտնելուն պես այցետոմսը շպրտեցի սեղանին և բերանքսիվայր ընկա մահճակալին:

Ծանր էր, շատ ծանր հրաժեշտ տալ այդ կարճատև ու թովիչ երազին...

Առավոտյան ես մաքուր հագնվեցի և մեկնեցի երկաթուղու կայարան:

Ինչքա՜ն մարդիկ են հավաքվել այստեղ՝ ձեռքներին ծաղկեփնջեր:

Ինչ-որ նշանավոր մարդու են ճամփու դնում: Ո՞վ կլինի տեսնես...

Հենվել եմ ծառի բնին ու սպասում եմ իմ «մանկապարտեզի ուսուցչուհուն»:

Խփեց երկրորդ զանգը:

Վերջապես ահա նա, այն տիկինը, որին բերել են այդ անհամար ծաղկեփնջերը: Շքեղ վագոնի աստիճանների վրա կանգնած՝ նա օդային համբույրներ է հղում իր երկրպագուներին:

Հիմա գնացքը կշարժվի, իսկ ո՞ւր է նա:

Արագ քայլերով մոտեցավ ինձ իմ տանտիրուհին և մատը վրաս թափ տալով, ծիծաղելով ասաց.

— Երիտասարդ կովկասցի, այս ի՜նչ եմ տեսնում. ընդամենը հինգ օր է, ինչ այստեղ ես և արդեն հաջողացրել ես աշխարհահռչակ դերասանուհիներին կավալերությո՞ւն անել:

— Ի՞նչ դերասանուհի, ցնդվե՞լ եք, ինչ է:

Նա պատասխանի փոխարեն ինձ մեկնեց այն այցետոմսը, որ գիշերը ես շպրտել էի սեղանին:

Ձեռքից հափշտակեցի ու կարդացի.

ՍՍՌՄ Միության ժողովրդական դերասանուհի
ՎԵՐԱ ՕԴԻՆՑՈՎԱ

Կարդացի ու մնացի շվարած: Ահա թե ո՜վ է եղել պարզ շորերով ու հասարակ սանդալներով այդ կինը...

Նայեցի վագոնի աստիճաններին կանգնած տիկնոջը: Այո, թեև շքեղ, ինձ համար օտարոտի է հագնված, բայց իսկ և իսկ նա է, նույն մանկական անմեղ ու դյութիչ ժպիտը նուրբ շուրթերին, նույն չարաճճի ծիծաղն աչքերում:

Ես ապշած, կարկամած նայում եմ ներքևից, և նա հետզհետե հեռանում է, բարձրանում ամպերից էլ վեր, բազմում է այդ կիսաաստվածուհին արվեստի արևային բարձունքին, այնքա՜ն բարձր ու պայծառ, որ միլիոնավոր մարդիկ տեսնում են, ճանաչում են նրան, հրճվում են նրա հանճարով ու երկրպագում նրա արվեստին, իսկ նա այդ անմատչելի բարձունքներից սիրալիր ժպտում է մեզ բոլորիս: Ու կորչում եմ, փոքրանում, ոչնչանում: Ինչպե՞ս կարող է նկատել ինձ Մեծ Միության միլիոնավոր մարդկանց այդ գորշ զանգվածի մեջ...

Ես ցնցվեցի. նա ձեռքով կարծես ինձ է կանչում, այո՜, հենց ինձ՝ նույն երեկվա մտերիմ ու պարզ ժպիտով:

Ես տեղումս կարկամել, մեխվել եմ, միայն հիշում եմ, որ նրա տված նշանով մարդիկ ինձ տարան վագոնի դռան մոտ:

Նա կռացավ, շոյեց մազերս, ձեռքս ամուր սեղմեց ու քնքշությամբ ասաց.

— Մնաս բարի, իմ լավ չոբան, կսովորես, Մոսկվա կգաս, և այն ժամանակ քեզ անմատչելի չեն լինի ոչ Չայկովսկին, ոչ էլ ես...

Գնացքը շարժվեց:

Բազմաթիվ գլխարկներ ու թաշկինակներ շարժվեցին օդում, իսկ նա վագոնի բաց պատուհանից սիրուն գլուխը դուրս հանած, օդային համբույրներ էր ուղարկում:

...Ու այդ օրից առաջ գնալու, արվեստի բարձունքներին հասնելու խանդն ինձ հանգիստ չէր տալիս և շարունակ մղում էր դեպի գործ:

Տարիներ անց, երբ Կրեմլից, աշխարհի ամենամեծ մարդու մոտից դուրս եկանք հրճվանքից փայլող դեմքերով և շտապեցինք մեզ համար պատրաստված շքեղ բանկետին, այդտեղ անակնկալ կերպով հանդիպեցի նրան: Իմ ճաշակով հագուստի, արդեն նրբացած դեմքի և կիրթ շարժուձևերի մեջ նա դժվարությամբ ճանաչեց նախկին որսորդ հովվին:

— Այս ո՜ւմ եմ տեսնում, այս ո՜ւմ եմ տեսնում,— գոչեց նա իր զրնգուն ձայնով և ի զարմանս ներկա եղողների, ինձ իր գիրկն առավ։— Ինչպե՜ս է փոխվել... ինչպե՜ս,— կրկնում էր նա ինձ շուռ ու մուռ տալով ու բոլոր կողմերից զննելով։

— Նո՞ւ, քեռիդ ինչպե՞ս է, քեռիդ է՜լ ինչ նոր բաներ է պատվիրել,—ինձ այնքան ծանոթ ծիծաղով ասաց նա։ Եվ առանց պատասխանի սպասելու վրա տվեց. — Էլ չե՞ս կարմրում, ասա՜, կարմրո՞ւմ ես, թե ոչ, թե՞ երեսիդ վարագույրն արդեն պատռվել է... Այո , զգում եմ, որ այլևս այն չես, այլևս չես շառագունում, փոխվե՜լ ես... Լա՜վ է եղել, որ փոխվել ես, բայց... ափսո՜ս, ախ, ափսո՜ս, որ փոխվել ես... Այնպես ավելի լավ էր, այնպես շա՜տ լավ էր, այնպես դո՜ւ էիր, ինքնատիպ։ Հիմա քեզ նման այնքա՜ն կա մայրաքաղաքում...— ասաց նա շտապ, կցկտուր, ցավով և տխրության ու ափսոսանքի նկատելի շեշտով։ Ապա հետզհետե ընկավ նրա տրամադրությունը, և ես զգացի, թե ինչպես մարեց զգվանքի ինձ ծանոթ փայլը նրա երկնագույն պայծառ աչքերում, ու նա հետզհետե սառեց, հոգով հեռացավ ինձանից...

Բանկետի մասնակիցների խնդրանքով նա ոտքի ելավ ու երգեց իմ սովորեցրած երգը՝ «Աշուղի արիան» «Ալմաստ» օպերայից։ Երգեց այնպե՜ս սրտառուչ, այնպե՜ս թախծոտ...

Ես զգացի, որ նա այլևս իմ ներկայությունը չի զգում և Կիսլովոդսկում տարիներ առաջ թողած հովվին է հիշում, իր երգի սրտառուչ ելևէջներով նրա հետ է խոսում...

ՀՈԳԱՏԱՐՈՒԹՅՈՒՆ

Ի՜նչ հաջող են հեգնում մեր գյուղացիները։ Եվ այնպես նուրբ, որ հավատալդ չի գալիս, թե ձեռք են առնում քեզ։

Լոռու ձմեռանոցներից մեկի մոտ փափախը գլխին, մազոտ դեմքով մի ծերունու հանդիպեցինք։

— Բարի աջողում, որսի եք գնո՞ւմ,— հարցրեց նա մեր հրացաններին նայելով:

— Հա՛ : Կխտարի ենք գնում,— հաստատեց ընկերս:

— Բա սելը որդի՞ բերեմ,— լուրջ դեմքով և գործնական հարցրեց ծերունին:

— Հարկավոր չի, բիձա՛, նեղություն մի քաշի,— զգացված պատասխանեցի ես ու հետն էլ մտածում եմ, «Տես ի՛նչ ջիգյարով մարդիկ են, է՛, մեր լոռեցիները»:

Ծերունին զարմացած վեր քաշեց թավ հոնքերը ու անկեղծ կարեկցությամբ հարցրեց.

— Բա առանց սելի ո՞նց կլի՛... Բա էնքանը ո՞նց եք բերելու…

Երեկոյան դեմ, երբ լեռներից իջնում էինք հոգնած ու դատարկաձեռն, այն ժամանակ միայն հասկացա, որ լոռեցին ձեռք է առել մեզ:

«Բա սելը որդի՞ բերե՛մ... Բա առանց սելի ո՞նց կլի՛…»:

ԱՀԸ

Ի՜նչ շողշողուն մրգեր կան Սև ծովի ափին…. Աշնանը հանգստանում էինք Սուխումիում, Գասպար քեռու տանը և ամեն օր վայելում հյուրասեր տանտիրոջ տնամերձ այգու պտուղները: Այգին տարածվում էր լեռան ստորոտում, իսկ նրանից վեր՝ կանաչ անտառն էր ուղղահայաց բարձրանում մինչև ամպերը, մինչև ծեր Կովկասի ճերմակ գագաթները: Ի՜նչ փարթամ, ի՜նչ պտղաբեր երկիր է. այստեղ ժայռերն անգամ պատած են պտղատու ծառերով: Ա՜յ, մրգի աշխարհ:

Ափսո՜ս որ իմ խանձված ու մերկ երկրի համն, ու հոտը չունեն այս շքեղ երկրի շքեղ պտուղները:

— Գասպա՛ր քեռի, չնեղանաս, ինչո՞ւ են անհամ ձեր մրգերը…

— Ինչի՞ պիտի նեղանամ որ։ Ինչ ճիշտ է, ճիշտ, ձեր երկրի միրգը ուրիշ համ ունի։

Թեթևացա։ Ուրեմն ինձ չի թվում, այլ իրոք այդպես է։

— Արև՛ը, արև՛ը… Երևանի արևը, որ այստեղ լիներ, մեր միրգն էլ ձերի նման կլիներ։

Այո՛, արևն է աղբյուրը բոլոր այն բույրերի, որից արբե-նում ենք մենք։ Բայց մի՞թե միայն արևը։

Այդ խնդիրով էր զբաղված բնասերի իմ միտքը, երբ հաջորդ տարին Խոստայում ավելի դժվար հարցի դեմ առա։

— Այսքան անձրևների, այսքան առատ ջրի մեջ ինչո՞ւ են ցամաք այստեղի մրգերը,— մի անգամ դիմեց ինձ իմ ընկեր Հրաչ Քոչարը, ձեռքի կիսատ խնձորին տարակուսանքով նայելով։

— Բնասեր ես, դե բացատրի՛ր... Այո , մեր Դալմայի քարքարոտ հողում տանձենիներ են բուսնում, որոնց պտուղը կծելուն պես ջուր է ցայտում։ Կա՞ ավելի հյութեղ պտուղ, քան մեր Արարատյան երկրի խանձված ու քարքարոտ վայրերի պտուղը։ Դե՛, եկ պատասխան տուր հարցասեր ընկերոջդ՝ այստեղ պակաս է ջուրը, ամեն ինչ խանձվում է հարավի արևի տակ, բայց պտուղները հյութեղ են, իսկ այնտեղ Սև ծովը տարին–տասներկու ամիս անձրև է թափում Կովկասի լանջերին, ծառերը ջրվում են լիուլի և տա-լիս... անհյութ ու ցամաք տանձ ու խնձոր։

Արտաշատից վերև որս եմ փնտրում մերկ բլրի լանջին. այստեղ դաշտահավեր են լինում։ Մի փոքրող մեքենա հողդոցով լայնացնում է բլրին գոտի կապած հին առվի հունը, իսկ նրա ետևից վրա են տալիս սաթի նման սև սերմնագռավները, որդեր են փնտրում ընդերքից հանված թարմ հողի մեջ։

Ցած իջա, հրացանիս տեսքից թռչունները թռան սարսափահար։ Նայում եմ առվի հատակից հանված թարմ տիղմին ու զարմանքով ծառի արմատի կտորտանքներ նկատում նրա մեջ: Մոտերքում ծառ չկա, թուփ չկա: Չէ՛, ինչպե՞ս չկա, վերևվում բլուրը մի կրծքախորշ ունի իր մեջ և այդ խորշում կուչ է եկել մի գաճաճ տանձենի: Բայց մի՞թե նրա արմատներն այս տեղ են հասել, ախր տանձենին հեռու է: Տնտղեցի արմատի կտորտանքը՝ տանձենի են: Ահա ջրանցքի պատին ցլատված ու ցցված են վերևից ցած մեկնված արմատների ծայրերը: Այո՛, տանձենին է ուղարկել վերևից, ուղարկել է ջուր բերե-լու իր համար, իր պտուղների համար...

Բարձրացել եմ վեր, նայում եմ տոթից, երաշտից կարճ մնացած, ճյուղերը ծուռ ու մուռ տարածած ծառին, որն իր հասակին անհամեմատ խոշոր արմատներ ունի և չափազանց մանր, կոշտ ու սուր–սուր տերևներ: Զննում եմ ու մտածում: Մտածում եմ ու հետզհետե քանդվում է ինձ զբաղեցնող հանելուկի կծիկը: Ամեն ինչով այս բույսը համարվել է քարքարոտ ու շոգ տեղանքին, հարմարվել է, որ ապրի: Լայն ու խորը տարածված այս այլանդակ արմատները նրա համար են, որ այս պապակ ու աղքատ վայրից ջուր հայթայթեն մայր ծառին:

Մեր Դիլիջանի անտառներում վիթխարի հաճարենիներ կան, որոնք այս թզուկ ծառի արմատների կեսն էլ չունեն, դե, ինչների՞ն է հարկավոր, այն խոնավ սևահողում առատ է և ջուրը, և՛ սնունդը: Տանձենին փշեր չի ունենում, սա փշփշոտ է, որ քիչ ջուր գոլորշիացնի: Նեղ են տերևները և կոշտ շեր-տով պատած, նույնպես ներքևից դժվարությամբ ստացած ջրի չնչին քանակը իր ներսում պահպանելու «ձգտումից» է: Իսկ պտուղնե՞րը: Հաստ և կոշտ կեղև ունեն դրանք, բայց երբ կծում ես՝ հյութը դուրս է ցայտում, քաղցր ու համեղ հյութը:

Եվ այդտեղ մի միտք փայլատակեց գլխումս, մի շատ կարևոր միտք: Ափսո՛ս, մարդ չկա մոտս, որ բարձր ասեմ. ախր երաշտի ահն է ստիպում այս ծառին ջուր կուտակել իր պտուղների մեջ, այս ծարավ վայրում ծարավ մնալու ահը...

Հիմի հասկացա՞ր, Հրաչ Քոչար, թե ինչու ցամաք պիտի լինեն ծովափի տանձն ու խնձորը: Նրանց համար ջուրը, հյութը ավելո՛րդ բեռ է, քանի որ միշտ կարող են ջուր վերցնել այն-քան հաճախ տեղացող անձրևներից: Մեր չոր ու պապակ երկ-րում, երբ ամառը վերևից Արևը կրակ է թափում՝ ամեն բույս ու ծառ «ահի» մեջ է: Ահ, իր կյանքի համար, իր սերունդների կյանքի համար: Եվ այդ «ահը» ստիպում է նրան հյութեր կու-տակել պտուղների մեջ և այդ հյութերը պատել կոշտ պատյաններով, որ կիզիչ արևը չկարողանա նրանից խլել այնքան դժվարությամբ ձեռք բերված հյութը...

Դրանից են այդքան համեղ ու հյութեղ մեր արևոտ ու չոր երկրի պտուղները:

ՆԵՐԿԱՐԱՐ ՆԻԿՈԼԻ ԽՆԱՅԴՐԱՄԱՐԿՂԸ

Սևանի ափին որս անելիս ես մի հետաքրքիր ծերունու հանդիպեցի: Թոռնիկները ավազի վրա խաղում էին, իսկ ինքը զրուցում էր ձկնորսների հետ: «Մալյար Նիկոլը»,— այդպես են կանչում նրան ծովափնյա Սարուխան գյուղում,— ծանոթացավ ինձ հանդիսավոր արժանապատվությամբ: Աշխատում էր խոսել մաքուր գրական լեզվով և երբեմն գրաբար բառեր էր գործածում: Խոսում էր գրականությունից՝ գիտակ մարդու տոնով: Առանձնապես հավանել էր «Վարդանանքը»:

— Դեմիրճյանին իրեն էլ եմ ասել,— հեղինակավոր տոնով հաղորդեց նա: — Մարդը լավ գիրք է գրել: «Մեսրոպ Մաշտոց»–ը դեռ չի՞ վերջացրել...

— Որտեղի՞ց գիտես...

Նեղացավ:

— Իմ գործը գրողների հետ է,— արժանապատվությամբ պատասխանեց նա:—Ճիշտ է, կրթության կողմանե թերի ենք, բայց գրականությունը սիրում ենք: Իցե թե պատահեք Վարպետին՝ հարցրեք, նա ինձ լավ գիտի…

— Ավետիք Իսահակյա՞նը: Ներողությո՛ւն, Դուք ներկարար չե՞ք...

Շփոթվեց, ապա իրեն տիրապետելով նույն արժանապատվությամբ շարունակեց.

— Ներկարարությունը նմանապես արվեստ է... Մենք հո ամեն մարդի տուն չե՞նք ներկի... Ես գրողների տներ եմ ներկում ու հետները գրականության մասին զրույց անում: Հարկավոր է, որ ժողովուրդը ստուգի, թե ինչ գործի են գրողները: Օրինակ, Վարպետի տունը ներկելիս ես նրան շատ ստիպեցի, որ ինձ ասի, թե երբ է վերջացնում «Ուստա Կարոն»: Դե, մեծ մարդ է, իցե թե, հեռու իրենից, գնում է էս աշխարքից, հո մենք էլ Ավետիք Իսահակյան չե՞նք ունենալու: Թող ավարտի՝ հետո գնա… Բա՞…

Այդպես հետս զրուցելով տարավ իր փեսայի բնակարանը, աղջիկը սեղան բաց արավ, Սնանի իշխանը հրապարակ եկավ զանազան «վարիանտներով»՝ խաշած, տապակած: Փորձեցի հրաժարվել գինուց, բայց Նիկոլ բիձեն ծանր ու հեղինակավոր խրատեց.

— Ձուկն ուտես գինի՛ն խմես՝ վայ ձկան գլխին... Ձուկն ուտես ջուրը խմես՝ վայ քո գլխին...

Սնանի բնակիչների իմաստությունն է դա, որ ծնվել է ձկնորս ժողովրդի դարավոր փորձից: Դե ժողովրդի փորձի դեմ ինչ կարող ես անել՝ խմեցի՛նք: Նիկոլ բիձեն փափկեց, քաղց-բացվ, աչքերը ջրակալեցին: Խոսում էր իր արհեստի նրբությունների մասին ու դարձյալ վերադառնում Վարպետին, «Ու-ստա Կարոյին», «Վարդանանքին»:

— Երևում է, որ արհեստիցդ գոհ ես,— դիտեցի ես:

— Հա՛, իմ արհեստը՝ ոսկի արհեստ է,— համաձայնվեց Նիկոլ բիձեն:— Ասա՝ ինչո՞վ: Նրանով, որ էդ արհեստի շնորհիվ ամեն տուն էլ մտնում ես, ամեն նշանավոր մարդու հետ էլ գործ ես բռնում: Հենց օրինակ Վարպետը...

— Եվ լավ էլ փող ես աշխատում, չէ՞,— Նիկոլ բիձու պռետիկ տրամադրությանը մի քիչ պրոզա խառնեցի ես:

Հոնքերը խոժոռեց:

— Հարցը փողը չի... Փողն ինչ, փողը որ կա՝ ձեռքի կեղտ է... Մարդ պիտի լինես, մարդի հետ նստես— վեր կենաս... Հա՛, փառք երկնքին, լավ եմ աշխատում...

— Բա էդքան փողը ինչ ես անում,– դիտմամբ խոսեցնում եմ ես:

— Գցում եմ խնայադրամարկղը,– կարճ պատասխանեց Նիկոլ բիձան և երբ տեսավ, որ իր միտքը չհասկացա, ժպտաց խորամանկորեն:

Եվ որովհետև աղջիկը գիտե, թե որն է իր հոր, «խնայդրամարկղը»՝ նույնպես նշանակալից ժպտաց:

— Հա՛, նմանապես պետք է ասեմ, որ իմ խնայդրամարկ-ղը ուրիշ տեսակ դրամարկղ է,— շարունակեց Նիկոլ բիձեն: — Ես վեց որդի ունեմ, երեք տղա, երեք աղջիկ: Մայյարություն եմ արել, փող աշխատել ու էդ փողով բոլորին էլ կրթության տվել: Մեկը ակադեմիա է ավարտել, գնդապետ է Մոսկվայում, երկուսը գիտական աշխատողներ են, էս աղջիկս էլ դասատու: Վեցից հինգը բարձրագույն կրթություն ունեն, միայն մեկը՝ միջնակարգ, էն էլ մեխանիկ է... Էդպես, թե դուք մի՛ դրամարկղում փող ունեք, ես վեցում ունեմ: Էստեղ Սարուխանում էլ դրամարկղ ունեմ, Երևանում էլ, Մոսկվայում էլ... Հիմի ծերությանս օրերին, հենց փող է պետք գալիս թե չէ՝ իմ դրամարկղերից հերթով քիչ-քիչ հանում եմ— գործ ածում…»

* * *

Այդ ամառ Նիկոլ բիձեն անսպասելի կերպով այցի եկավ ինձ. բերել էր իր թոռնիկ Լևոնի նվերը ինձ՝ վայրի աղավնու ձագեր:

Ուրախացանք, միասին սեղան նստեցինք, հիշեցինք Սնանը, իր «դրամարկղները»: Առաջին հերթին «Ուստա Կարոյից» հարցրեց և վշտացավ, որ դեռ չի ավարտվել:

Հրաժեշտ տալիս հարցրեց.

— Իսկի չես ասում, թե Սնանի էն հով ափերից ինչի եմ եկել–ընկել էս շոգերի մեջ:

— Երևի եկել ես խնայդրամարկղից փող հանելու,— ծիծաղեցի ես:

— Հա՛, լավ ես գլխի, եկել եմ խնայդրամարկղներիցս մեկից փող տանեմ...

Ու գնաց: Քայլում էր մեջքը շիփ-շիտակ, արժանապատվությամբ, ապահով մարդու վստահությամբ:

Դե, իհարկե վստահ կքայլի. վեց դրամարկղում խնայողություններ ունի պահ տված...

ԱՌԱՋԻՆ ՊԱՅԹՅՈՒՆՆԵՐԸ

Մանկությունից ամեն բանից շատ սիրել եմ զենքը և բնությանը:

Երբ երեխա էի, մորս փեշից բռնած հարսանիք էի գնում ոչ այնքան փլավ ուտելու, որքան հրաձգության ներկա լինելու համար:

Երբ եկեղեցու դռնից ներս մտնելիս քավորն իր սուրը շողացնում էր արևի տակ ու խփում եկեղեցու դռան կամարին, ես միայն մի բան էի մտածում, որ մեծանամ, բոլոր ամուսնացողներին քավոր եմ կանգնելու, որ սուր կապեմ:

Զատկին հետևող «կանաչ-կարմիր» կիրակիներին, ծաղկոտ բլուրներում շրջան էին կազմում բազմերանգ հարս ու աղջկերք, չերքեզկա հագած տղամարդիկ և ցնցոտիապատ մի բազմություն: Գառներ էին մորթում, և կաթսաները դնում էին խարույկներին, իսկ ներկած ձվերը դնում կոճղերին: «Բերդանկաները» դղրդում էին, իմ սիրտը թունդ էր առնում, և կարծես հոգիս թռչում էր զնդակի հետ:

– Նանի՛, որ մեծանամ, ինձ համար թվանք կառնե՞ս... հարցնում էի թախանձանքով:

– Թվանքի միջին արին կա, բալա ջան, ասում էր նա:— Համ էլ մեր բանը չի, բալա ջան, մենք անջաղ ենք ծերը-ծերին հասցնում, թվանքը մի լուծ եզն արժի:

Այնուամենայնիվ, ծրագիր էի մտմտում, որ երբ մեծանամ, տասը տարի տավարած կդառնամ, փող կաշխատեմ, հրացան կառնեմ և զաղտնի կպահեմ:

Երբ մի փոքր մեծացա, իմ երազը սկսեց իրականանալ:

Այդ ինձ համար այն երանելի ժամանակն էր, երբ հին ամբարի տակից հայրս հանեց իր հոր չախմախավոր հրացանը:

Մի օր, երբ մայրս տանը չէր, ես հրացանը տարա մեր սրահի տակ, ժանգը քերեցի և չրթեցի մի քանի անգամ: Այդ հրացանը կրակելու համար «պիստոնի» փոխարեն կայծքար էին գործածում:

Մեր հարևան Հանեսն ինձ սովորեցրեց դրա գործածության եղանակը: Իսկ Սաքո բիձեն ասաց.

– Դա շատ խաթալու թվանք ա, շատ վախտ չախմախաքարը վեր ա ընկնում կամ կրակ չի տալիս:

Ու հետևյալ դեպքը պատմեց:

Մարդոնց Սիմոնը Բակատեղերում մի մեծ քարի գլխի պատահում է արջին, հրացանը դեմ է անում ճակատին ու չրթացնում՝ կայծքարը կրակ չի տալիս: Արջը վրա է հասնում, մարդ ու արջ գրկում են իրար և կյանքի ու մահվան կռիվ է սկսվում նոր թափված խաշամի մեջ: Սիմոնը չուխայով փաթաթված ձեռքը կոխում է արջի բերանն ու լեզվից բռնում: Գազազած արջը նրան շպրտում է քարափից ցած: Բարեբախտաբար Սիմոնն ընկնում է ժայռի տակ կուտակված փափուկ խաշամի վրա: Մինչև այժմ էլ այդ ժայռը կոչվում է «Սիմոնի քար»:

– Բա՛, խաթալու ա էդ թվանքը... Շատ վախտ էլ քացի ա տալիս,— խրատեց Սաքո բիձեն:

Այդ պատմությունն ինձ չսարսափեցրեց:

Ես ու իմ ընկեր Գրիգորը Հանեսի արկղից վառոդ թռցրինք, լցրինք հրացանի փողը, թղթով ամրացրինք և կայծքարը դրինք իր տեղը: Հետո մեկս բռնեցինք հրացանի կոթից, իսկ մյուսս՝ փողից ու գնացինք մեր կալը, ուր դեզի տակ լեզուն հանած ծույլ-ծույլ պառկել էր մեր հարևանի պառավ շունը, որը մի տարի առաջ կծել էր իմ ոտքը: Սայլի ետևից զաղտնի փողը մոտեցրի շան փորին, «չախմախը» ետ քաշեցի ու ձգանը քաշեցի:

Լսվեց ահեղ որոտ, հետն էլ՝ աղիողորմ կլանչոց, և ծուխը պատեց մեզ: Տանեցիք դուրս թափվեցին, հրացանը վայր գցեցինք ու փախանք:

ԹԵ ԻՆՉՊԵՍ ԿՅԱՆՔԸ ՄԵԶ ՍՏԻՊԵՑ ԶԵՆՔԻ ՏԱԿ ՄՏՆԵԼ

Մի մառախլապատ մայիս իջավ Դիլիջանի վրա, և սևակնեցին մեր, առանց այն էլ, մթին անտառները: Դաշնակ մաուզերիստներն սկսեցին հնձել մեր կանաչ արտերը, ու ամեն կերպ նեղել մեզ:

Նրանք իմ առջևից ուժով տարան մեր Ջեյրանի հորթը, եղնիկի նման այդ երինջը, որին ես կապված էի իմ փոքրիկ սրտով: Ձմռանը դա մի նիհար մոզի էր: Նիհար էր, որովհետև զինվորները թալանեցին մեր դեզերը, խոտի մի մասն ստիպված թողեցինք լեռներում, խոտհարքներում: Ձմեռը ճղում էինք ծնկահար ձյունը, բքի էինք բռնվում լեռներում և խոտը շալակով տանում էինք ձմեռանոց: Այդպես մի կերպ գարուն հասցրինք մեր անասուններին:

Աշնանամուտին հանդում, երբ մութն իջնում էր բլուրների վրա, անասունները քաղցր մշմշում էին խարույկի մոտ, ես գրկում էի Կխտարին, գլուխս դնում էի նրա կրծքին և ննջում: Իսկ նա մեղմ որոճում էր և լիզում գլուխս:

Եվ երբ նրան տարան, ես երկար ժամանակ ողբում էի նրա կորուստը: Նրա գլուխը գտան Արթենանց Ալեքսանի գոմում...

Եվ երբ ինձ պես շատ պատանիներ լաց եղան, երբ ավելի պարզ երևաց, որ այդ ավերի ու թալանի օրերին մեզպեսները զոհ են գնում, իսկ հարուստները եզան հատը գնում են երկու փութ գարով և հողի դեսյատինը մի փութ թեփով, այն ժամանակ մեզ համար սկսեց պարզվել, որ իսկական թշնամին մե՛ր մեջն է:

Եվ մեր հոգում վրեժն սկսեց ելք որոնել:

Մենք զինվեցինք: Մեր գյուղն ապստամբեց երեք անգամ, հարևան գյուղերն՝ ավելի շատ: Ղազախի լեռների մթին անձավներում բույն դրին կարմիր պարտիզանները՝ մեր գյուղի քաջարի զավակները:

Եվ զենք ձեռք բերինք:

Ֆրանսիական «լեբել» հրացանը, որը հայրս գնել էր ինձ համար, համբուրեցի կոթից մինչև ծայրը և վերմակիս տակ հետը զրույց արի մինչև լույս:

Մյուս օրն Ավելուկ-Ուրթում Ակոենց Գրիգորն ինձ սովորեցրեց նշան խփելը:

Դա 1918 թվի գարնանն էր:

Այն ժամանակ ես տասներեք տարեկան էլ չկայի, ուրեմն այնքան փոքր, որ ձեռքս չէր հասնում շնիկին, որ կրակեմ: Ստիպված եղան հրացանի կոթը սղոցել կարճացնել:

Երկրորդ օրն արդեն կրակում էի կարգին:

Երրորդ օրը Բաղալենց յալերումն էինք: Օրը պայծառ էր

և ցողն արագությամբ վեր էր կենում կանաչի վրայից: Տղերքը տավարը թողած՝ լախտի էին խաղում:

– Ակո՛փ, քառասուն լոք չափիր,— հրամայեցի ես իմ տավարած ընկերոջը, այն ժամանակ ես մեր թաղի տավարածների «պետն» էի և ինձ լսում էին առանց առարկելու:

Չափեց:

–Փափախդ վեր դիր,— կարգադրեցի ես:

Հնազանդությամբ կատարեց: Աիազին սև փափախը կանաչ ֆոնի վրա ինձ շատ դուր եկավ: Հրացանը մեկնեցի, որ կրակեմ:

– Ախր կճղվի է՛,— մղկտաց Ակոփը:

Հրացանս ցած իջեցրի և ասացի.

– Որ ուզում ես չճղվի՝ միջին քար դիր, որ պինդ ըլի: Ակոփն ուրախացավ, որ փափախը փրկելու հնարը գտնվեց: Մի մեծ քար դրեց մեջը և հարմարեցրեց: Կրակեցի: Քարը գնդակի հարվածից կտոր-կտոր եղավ և գլխարկի ծվենները երկինք թռան:

Ընդհանուր քրքիջ բարձրացավ, Ակոփն սկսեց տզզալ, իսկ տղերքը ծաղրում էին:

– Ծակում չի, Ակոփ, գյուլլեն քար կծակի՞ որ...

Այդ օրը ես տղերքի աչքում բարձրացա: Առաջ ինձանից քաշվում էին այն բանի համար, որ հանդում հաստափոր գրքեր էի կարդում և, ինչպես իրենք էին ասում, «աշխարհքի էս ծերից տալիս էի, էն ծերից դուրս գալիս»: Այժմ զենք ունեմ և լավ էլ կրակում եմ:

Տղերքն ուրախության ճիչերով շրջապատեցին ինձ և բլրի գագաթից սկսեցին բղավել «ներքի թաղի» տավարածների վրա.

– Էհե՛յ, խլնքոտ Պեպի՛, Ճիպրո Մացա՛կ, Գաջաջ Սանթրո՛, թե տղա եք, մեյդան եկեք, մեյդա՛ն...

Ներքին թաղի տավարածները մեր հակառակորդներն էին և նրանց դեմ մղվող «ճակատամարտը» ես էի ղեկավարում:

Հաջորդ օրը մառախուղ էր և անձրև էր տեղում անընդհատ: Քյամանդի քարայրում մի թեժ կրակ էինք արել:

Զանս «քոս էր ընկել», ուզում էի անպայման կրակել: Այս անգամ ուզում էի փորձել փոքր նշանի վրա: Իմ ընկեր Գրիգորը այրի միջից դեպի դուրս 12 քայլ չափեց և դատարկ փամփուշտը դրեց քարի վրա:

– Թե որ սրան էլ տվիր, ներքին թաղեցոնց թոզը երկինք ենք հանելու,— ասաց նա և զինվորական պահածոյի տուփի տակը կլոր կտրեց և մի «շքանշան» պատրաստեց ինձ համար:

Հրացանը դրի նրա ուսին, շունչս պահեցի և երբ հատիկը փամփուշտի հետ միասին եկավ կպավ նշանացույցի անցքին՝ շնիկը քաշեցի: Այրը դղրդաց, իսկ փամփուշտը վզզաց օդում: Գտան-բերին: Գնդակն անցել էր ուղիղ մեջտեղից:

Տղերքը համակրանքի այնպիսի ցույց կազմակերպեցին, այնպիսի մի դղրդոց բարձրացրին, որ ականջներս տժժաց: Անմիջապես «շքանշանը» կախ արին վզիցս և մի պատվիրակ ընտրեցին, փամփուշտը ձեռը տվին, ուղարկեցին ներքի թաղեցոնց մոտ.

– Թող տեսնեն, թուքները ցամաքի:

– Ասա՝ էս մե՛ր պետի հունարն ա, ձե՛րն էլ ուղարկեցեք մի նայենք:

Այսպես, ես էլ, ընկերներս էլ դեռ վաղ պատանեկությունից սկսեցինք վարժվել զենքի գործածությանը:

Իմ ամենամոտ և քաջարի ընկերը՝ Գրիգորը, նույնպես հրացան ձեռք բերեց:

Հրացանները գաղտնի էինք պահում: Վարդանի յալի ետևը, մթին անտառում, մի փուչ կաղնի կար: Այդ կաղնու փչակն էր մեր զինանոցը:

Եվ երբ հունիսյան մի տոթ օր մեր գյուղացիք ապստամբեցին դաշնակցական կարգերի դեմ, երբ մաուզերիստները ձիերն ու գլխարկները թողած, մեր դիմացի լեռան լանջով դեպի Դիլիջան էին ճղում, մենք փչակից դուրս բերինք մեր հրացանները, թաքնվեցինք հաստաբուն հաճարենու ետևը և միասին համազարկ տվինք անկարգ փախչող խմբի ետևից: Ու հրճվանքով տեսանք նրանց ետև բարձրացած փոշու երկու ամպիկը:

– Ձեռներս հալալեցինք,— ասաց Գրիգորը զուրգուրանքով նայելով հրացանին:

Երկու տարի անց, երբ Սեմյոնովկայի լեռների մյուս երեսից լսվում էր թնդանոթների խուլ դղրդյունը, երբ կոմունիստական ջոկատները գրոհում էին դաշնակցական հրոսակախմբերի դեմ՝ մաքառելով քաղցի, ձյան ու սառնամանիքի դեմ, մենք մագլցում էինք մեր լեռները, կուզեկուզ էինք անում թփերի տակ, հետախուզում բանդիտների շարժումը:

Այն ժամանակ մենք արդեն տասնհինգ տարեկան կոմերիտականներ էինք և տիրապետում էինք զենքին:

Այսպե՛ս, ա՛յս պայմաններում ես վաղ պատանեկությունից սիրեցի զենքը, ընկերացա նրան, և նրա որոտով արտահայտեցի իմ վրեժն ու ուրախությունը, իմ ցասումն ու իմ բերկրանքը...:

Այժմ անցնենք իմ որսորդական կյանքի դեպքերին:

ԱՐՋԻ ՃԱՆԿԵՐՈՒՄ

Լույսը դեռ չէր բացվել, երբ ես ու մեր հարևան Վաղոն տաք հագնված, գլուխներս բաշլըղներով փաթաթած, որսկան Շաքարի հետ դուրս եկանք գյուղից: Մի քիչ առաջ գնալուց հետո շեղվեցինք ճանապարհից ու մտանք անտառը:

Ցուրտը նեղում էր, բայց մորթե տաք փափախն ու երկու

զույգ քոլքի գուլպաները ականջներս ու ոտներս պաշտպանում էին ցրտից:

Ձյան միջի չոր ճյուղերը ճարճատելով փշրվում էին մեր ոտների տակ: Որևէ թփի տակից կամ փոսի միջից երբեմն դուրս էր ցատկում մի վախկոտ նապաստակ, և այդ ժամանակ սիրտս վեր էր թռչում ու ձեռս տանում էի պատրաստ պահած հրացանիս ձգանին:

– Ա՜յ տղա, ջահելություն մի անի,— խրատում էր Շաքար ամին:—Լպստրակն ի՞նչ է, որ նրա վրա գյուլլա փչացնես: Այ, հիմա կհասնենք արջերի բույնը, էն ժամանակ ինչքան շնորհք ունես, ցույց տուր:

Կտրեցինք անցանք սար ու ձոր, քար ու քարափ ու դեմ առանք մեր որսատեղին՝ Արփավուտի անտառին:

Քիչ անց արևը դուրս եկավ: Մի ջինջ ու պայծառ առավոտ էր: Ձյան հատիկները հազարավոր ալմաստների ու գոհարների նման պսպղում, փայլփլում էին արևի ճառագայթների տակ:

Չարթն ու մոշահավը կղկղալով թփից-թուփ, ծառից-ծառ էին թռչում:

Վերելքը դժվարացավ:

Շաքար ամին, չնայած իր ծեր հասակին, արջի նման փշրելով հանդիպած թփերն ու ցախ-ցուխը, առաջ էր գնում ու ճանապարհ բաց անում ինձ ու Վաղինակի համար ու հետն էլ պատմում էր իր կյանքից հետաքրքիր դեպքեր:

– Հրե՜ն, էն քարափը տեսնո՞ւմ եք. նրա տակին էն տարին մալակունի եզան չափ մի պախրա սպանեցի՝ պոզերը ոնց որ ծառի ճղներ: Բունտի տարին էլ, հլե դուզ էս վախտը կլիներ, էս ձորում մի արջ սպանեցի, երեք լուծ գոմշով անջաղ տուն հասցրինք:

Քառասունհինգ տարվա որսկան Շաքարի գլխով ամեն ինչ անցել էր: Չկար մի քար, մի թուփ, մի ձոր, որ ներկված չլիներ նրա գնդակին զոհ գնացած կենդանիների արյունով: Դրա համար էլ, այդ արջերի ու գայլերի աշխարհում, իմ պատանի սիրտն անահ էր ու լի կորովով:

Ընկնելով ու վեր կենալով, երբեմն էլ զառիվայրերից կոճղի նման գլորվելով, վերջապես Շաքար ամին մեզ կանգնեցրեց մի աղբյուրի մոտ:

Նստեցինք, տոպրակներից հանեցինք հաց ու պանիր և սկսեցինք ախորժակով ուտել:

– Կե՛ր, հանդի հացը համով է լինում,— ասում էր Վաղոն և լավ պատառներն ինձ տալիս:

– Հա, բա՛, համով ա,— հաստատեց Շաքար ամին անուշադիր, ցրված ու մատով ցույց տվեց դիմացի ձորի մյուս կողմն ընկած քարափները:—Մեր քեռի արջն էնտեղ ա: Ինչպես երևում ա, քիչ առաջ բնիցը դուրս ա եկել, քանի որ հեռվից քոլաչարթի չրթչրթոց ա գալիս, իմացեք, որ չարթերն արջ տեսնելիս էդպես դալմաղալ են բարձրացնում:

Ծեր որսորդը փորձից գիտեր, թե ո՛ր գազանի երևալն ի՛նչ տրամադրություն է ստեղծում անտառի բնակիչների մեջ:

Չոքեցինք, ջուր խմեցինք ու առաջ գնացինք:

Երբ մտանք ձորը, Շաքար ամին ձեռքի շարժումով կանգնեցրեց մեզ: Լուռ հնազանդվեցինք: Հենց մեր ոտների տակ, առվի մոտ, ձյան վրա ինչ-որ մեծ չանչերի հետքեր կային: Կարծես ձյան վրա բոբիկ մարդ էր ման եկել:

– Արջի իզն ա,– շշնջաց Շաքար ամին և ուսից ցած բերեց հրացանը:

Սիրտս սկսեց թպրտալ՝ վանդակն ընկած թռչունի նման:

– Հիմա նա չլեն ա մտել: Չլեն էլ էս վերին քարափների մեջն ա: Իզը վեր կալեք ու կամաց բարձրացեք վերև: Ա՛յ պուճուր,– դարձավ ինձ,— դու հլա ջահել ես, հեռու, մի քարի տակ կմտնես ու սուս կանես: Իսկ դու, Վաղինա'կ, կբարձրանաս բնի մեջ կկրակես ու ետ կփախչես՝ տապ կանես:

– Բա ո՞վ է արջին սպանելու,— միամտաբար հարցրի ես:

– Տնաշենի տղա, հո դո՞ւ չես սպանելու: Դուք արջին բնից հանեցե՛ք, մնացածը Շաքարի գործն ա...

Այսպես կարգադրեց ծեր որսորդը և աշխուժությամբ

քարից–քար, փոսից-փոս թռչելով, անձայն ու անշշուկ անհետացավ խիտ ծմակում:

Իսկ մենք զազանի հետքերով սկսեցինք մագլցել լեռն ի վեր:

Տեղ-տեղ արջը կանգ էր առել, ձյունը ետ տվել ու չորացած տերևների տակից վայրի պտուղներ հավաքել:

Այդ կուսական վայրերը որքան վեհ ու գեղեցիկ, այնքան էլ ահարկու էին: Եվ որքան արջի բնին մոտենում էինք, այնքան երկյուղը պատում էր մեզ:

Վերջապես երևաց Շաքար ամին, նա արծվի նման թառել էր ժայռի կատարի մի քարե ցցունքին ու «Մոսին» հրացանը ձեռքին պատրաստ՝ շեշտակի նայում էր ապառաժի լանջին բացված մութ երախին, որը, ըստ երևույթին, որջն էր:

Նկատեց մեզ, ձեռքով նշան արավ: Ես ետ ընկա ու թաքնվեցի մի մեծ քարի հետև:

Վաղինակը առաջ անցավ ու հետքն ստուգեց: Համոզվելով, որ արջը բարձրացել, որջն է մտել, նա մագլցեց ժայռը, հասավ անձավին, նրա մեջ կրակեց ու ետ փախավ: Ժայռը թնդաց որոտից ու դրան հաջորդող արջի մռնչյունից: Քնահարամ եղած զազանը բնից դուրս եկավ ու դժգոհ մռթմռթալով առաջ շարժվեց: Այդ ժամանակ ես թաքստոցից տեսա նրա բրդոտ գլուխը: Որոտներ լսվեցին, և Շաքար ամու հրացանից թռած գնդակները մեխվեցին զազանի մեջքին: Արջը կարծելով, թե իրեն վիրավորողը Վաղոն է, զազազած նետվեց նրա կողմը: Վաղոն վայրկենապես շուռ եկավ ու սկսեց արագ-արագ, բայց աննպատակ կրակել: Այսպիսով, վերջացան նրա հրացանի պահեստատուփում եղած փամփուշտները: Ետ-ետ գնաց, թիկունքով դեմ առավ մի հաստ կաղնու ջուխտակ բնին ու մինչև շուռ կգար որ փախչի, զազանը վրա հասավ, կանգնեց հետևի ոտների վրա, գրկեց Վաղոյին ու ձյան մեջ սկսեց «քոլոլել» նրան:

– Վա՜յ, մեռա՜... Շաքար ամի, հասի՜ր...– բղավում էր տղան արջի տակից:

Դողալով կարաբինս պատրաստեցի ու մի կրակոցով

ջարդեցի արջի հետևի ձախ ոտքը: Նա ցավից մռնչաց ու կատաղի փնչոցով շարունակեց ջարդել իր զոհին, երևի կարծում էր, թե նա՛ խփեց: Շաքար ամին շատ հեռու էր: Նա իր բարձր թառից սաստեց ինձ ու նշան բռնելով, կրակեց արջի ու Վաղինակի վրա:

Երկուսն էլ արյունաշաղախ գլորվեցին դեպի ձորը...

– Վա՜յ, Շաքար ամի, Վաղինակին սպանեցիր,— գոռացի ես ու սայթաքելով ցած վազեցի:

– Այ լակոտ, լաց ու կոծ մի անիլ, որսկան Շաքարը գիտի իր գյուլլի ճամփեն,— ձայն տվեց ծերունին և հանգիստ իջավ ժայռից:

Մենք արյան հետքերով հասանք ձորը և ի՞նչ տեսնենք, որ լավ լինի. Վաղինակը զգզված ու ձնակոլոլ կանգնել է սատկած արջի կողքին և հրացանի կոթով հարվածում ու հայհոյում է նրան.

– Ը՜ը, ես քո ռեխն անիծեմ... ո՞ւմ էիր ուզում ուտել, հը՞... դե հիմի կեր...

Ես արցունքի միջից ծիծաղեցի:

– Դե՛, օրը մթնեց, շուտ արեք,– հրահանգեց Շաքար ամին: Նրանք արջի ոտքերը կապկպեցին, հրացաններից մեկը լուծ դարձրին՝ լծվեցին ու սկսեցին ձյան վրայով քարշ տալ դեպի ցած՝ ձորում կուչ եկած ձմեռանոցի ուղղությամբ:

Իսկ ես առոք-փառոք բազմել էի արջի բրդոտ փորին, հրացանս ճոճում էի օդում և իմ ուրախության ճիչերով թնդացնում անտառը:

– Խաբարդա՜...

Հասանք ձմեռանոց: Տավարածներն իսկույն թեժացրին բուխարին:

Տերբի մի մասն արջն էր քերթում ու զարմանում հաստ ճարպի վրա, մյուս մասն անտառ գնաց ծառի ճյուղերից շամփուրներ պատրաստելու:

Քիչ անց Շաքար ամին որսորդավարի մի լավ խորոված պատրաստեց: Վրա թափվեցինք ու ախորժակով կերանք, մի կողմից էլ կատակում էինք Վաղինակի «փահլևանության» վրա:

Շաքար ամին պատմում էր, թե ինչպես Վաղոն «ասլանի նման կոխ էր բռնել արջի հետ ու քիչ էր մնում նրան սաղ-սաղ ուտի»:

Այնուհետև թեժ բուխարու առաջ նստած՝ ամբողջ գիշեր լսում էինք ծեր որսորդի պատմությունները:

Դրսից քամու հետ մեր ականջին էր հասնում գայլերի ոռնոցն ու շների պատասխան հաչոցը...

1927

ԳԱՅԼԵՐԸ

Ձմեռ էր, խիստ ու դաժան ձմեռ:

Հովվի օրը կտրվի, ձմեռը որ կա, հենց հովվի կաշին քերթելու համար է ստեղծված: Այն էլ ինչ հովիվ՝ 15-16 տարեկան պատանիներ էինք՝ կարկատած շալե շորերով ու բրդոտ փափախներով: Ձմեռանոցում ոչխար ու տավար էինք պահում: Ցերեկը անասունները տանում էինք քամու սրբած լանջերն արածացնում, մենք էլ մի բլրի վրա «աթուրմա» էինք խաղում, որ տաքանանք, կամ թե խարույկ էինք վառում: Կրակն իջնում էր թե չէ, տոպրակներից կարտոֆիլը հանում էինք ու լցնում շիկացած մոխրի մեջ: Դե տղա ես՝ հանիր, մոխիրը փչիր ու փուլ-փուլ կարտոֆիլը կեր՝ բերանիդ պատերը այրելով...

ՉԱՐԱԲԱՍՏԻԿ ԾԱՌԸ

Մի օր էլ կրակ անելու հերթն իմն էր: Վառ «ածխակոթը» տարա դրի մի չորացած ծառի փչակում: Նախ մլմլաց, կուրացնող ծուխ արավ, ապա երբ այտերս ուռցրի ու «փուքսս» գործի դրի՝ հետզհետե թեժացավ: Բոցը ճարճատելով բարձրացավ մինչև կատարը: Ծառն սկսեց այրվել մի ոսկայական ջահի նման:

Էլ ո՜վ նախրի մոտ կգնա: Ընկերներս՝ Գրիգորն ու Տիկոն, տավար, ոչխար թողին մոտիկ բլրի լանջին և ուրախ կանչերով, թռչկոտելով եկան խարույկի մոտ:

– Պա՛հ, պա՛հ, պա՛հ, ածու ոտները խանձեց... համա կրակ է հա՜...

Օրը մթնում էր, իսկ հրդեհված ծառը դեռ վառվում էր, ճարճատում, կրակե հսկայական լեզուները երկարում դեպի ամպամած երկինքն ու լուսավորում մթին ծմակները:

Իսկ մենք, մոռացած ամեն բան՝ «հո՜ւ» էինք անում, թռչկոտում խարույկի շուրջը, ձնագնդով խփում ծառին, որից կայծերի խուրձեր էր արձակում ու ավելի բորբոքվում:

Մի գլխաչափ ձնագնդի մի ծայրին շիկացած քարեր էի դրել ու գլխիս քաշած՝ մյուս ծայրից հալվող ձյան ջուրն էի ծծում (հանդում աղպես էինք ջուր ստանում, երբ աղբյուրից հեռու էինք լինում), մեկ էլ մի գոռոց լսեցի: Մեր Ջեյրան կովի ձայնն էր: Վազեցինք նախրի կողմը, ի՜նչ տեսնենք, ոչխարի հոտը խրտնած ցրիվ է եկել, իսկ ցուլերը գոռգոռալով դեպի ձորն են վազում:

– Ալաշ, հասիր... Փալաշ, հասի՜ր, հե՜յ...— գոչեցինք մենք և վազեցինք ցուլերի հետևից, իսկ մեր ընկեր Տիկոն մի քարի կանգնած շան նման հաչում էր: Դրա հաչոցից, թե՞ մեր աղմուկից մեկ էլ տեսնենք երկու գայլ, մեկը մեր Չամբարիցն էլ փոքր, մազը թափված, մյուսը՝ մեր Բողարից մեծ, բերանները բաց՝ դուրս թռան ձորից ու մեզ տեսնելով՝ փախան դեպի անտառի խորքը:

Մի քանի քայլ ևս՝ և տխուր տեսարան բացվեց մեր առաջ,

մեր թուխ ոչխարն ընկած է ծառի տակ, դմակն ու փորը պատառոտված, իսկ ցուլերը նրան շրջապատել են, արյունից հոտ են քաշում ու զոռզոռում:

Լացս եկավ. բերանիս պատառով «Թխլիկիս» կերակրել, մեծացրել էի:

– Բայց զոռբա շուն ես եղել, Տիկո՛, էսօր մեր Ալաշին էլ անցկացար, թե չէ էդ անիրավները ոչխարներին կոտորելու էին,— կատակեց Գրիգորը:

Արցունքի միջից ծիծաղեցի: Դեռ լավ էր, որ վնասը քիչ էր. առածն ասում է՝ «Տերը տարածին է փոշման, գայլը՝ մնացածին»: Սրանով էլ մխիթարվեցինք ու տավար-ոչխար հավաքելով, սրտներս կոտրած՝ քշեցինք դեպի ձմեռանոց:

Հեռվում չարաբաստիկ ծառն էր վառվում մի հսկայական ջահի նման, իսկ գայլերը Ազռավի քարի գլխին հավաքված՝ խմբով ոռնում էին: Երևի շատ էին դժգոհ, որ թալանը գլխներին հարամեցինք:

ՈՐՍՈՐԴ ԳՐՎԵՑԻՆՔ

– Չէ՛, տղե'րք, առանց հրացանի յոլա գնալ չի լինի, էդ անտերները մեզ քանդեցին, էն օրն էլ Ղուկասանց Արշակիցը վեց ոչխար կոտորեցին,— ասաց մեր ընկեր Գրիգորը, Թխլիկիս «մահվան» հաջորդ օրը:

– Բա ի՞նչ անենք, մեզ հրացան չեն տա:

– Ասում են՝ գյուղում որսկանների միություն է կազմվել, եկեք միության անդամ դառնանք ու հրացան ստանանք,— առաջարկեց Գրիգորը:

– Գրվե՛նք, գրվե՛նք...

«Չոբանների խորհուրդը» որոշեց ինձ պատգամավոր ուղարկել գյուղ: Երեկոյան գնացի գյուղ, մահակը ուսիցս ցած բերի ու մտա հեղկոմ1:

–Օ՛, բարո՜վ, բարո՜վ, չոբան ախպեր, տղե'րք, ա՜յ ձեզ լավ պատկոմացու: Պատկոմ2 գրենք, հը՞,— դարձավ ընկերներին կոմերիտմիության բջջի քարտուղար Պետրոսը: Մի կարճ շալվարով պատանի, ոտներն ու ձեռները՝ մինչև կեսը բաց՝ խուզարկու աչքերով զննում էր ինձ:

Շփոթվեցի: «Երևի պատկոմների մեծն է, քաղաքից է եկել»,— անցավ մտքովս: Մեր հարևան Միկիչն էլ այն կողմից կատակով թե՝

– Ձեռ քաշեք, չոբանից ի՞նչ պատկոմ,— որ չասաց՝ անհարմարությունից քրտնեցի:

– Ինչի՞, աչքաբաց տղա է, գրեցե՛ք,– պնդեց Պետրոսը:– համ էլ փոքրահասակ կոմերիտականները պետք է անպայման պատկոմ գրվեն,— ավելացրեց նա: Ես այն ժամանակ կոմերիտական էի:

Գրեցին ու մի կարմիր փողկապ էլ կապեցին վզիցս:

Իսկական «պատկոմ» կնքվեցի, բայց փողկապը բոլորովին չէր սազում ահագին փափախիս, ուսիս դագանակին ու կարկատած շալե շորերիս:

Այդ երեկո Պետրոսի և հորս հետ գնացինք որսորդական ընկերության նախագահ որսկան Ակոփի մոտ:

– Ա՛յ բալեք, ախար հրացանը ձեր ի՞նչ բանն է, որս անելը ձեր ինչ գործն է:

Ու Ակոփ բիձեն պատմեց արջի մասին, թե ինչպես նա շատ հաճախ «իսկի հրացանին մտիկ չի անում, երկաթե կոներ պետք է ունենաս, որ տեղն ընկած ժամանակ հետը կոխ բռնես»:

Բայց մենք նրանից պոկ եկող պտուղ չէինք:

Պետրոսը բացատրեց, որ գայլերը վնաս են տալիս, համ էլ հրահանգ կա, որ կոմերիտականներին ու պատկոմներին հենց փոքրուց զենքի վարժեցնենք, որ ապագայում «իգիթ տղերք» դուրս գան:

Քաղաքացիական կռիվները նոր էին վերջացել, գյուղում այն ժամանակ զենք շատ կար. դժվար չէր հրացան ստանալ, տասնվեցից բարձր հասակ ունեցող բոլոր կոմերիտականներն էլ զինված էին:

Մեզ անդամագրեցին ընկերությանն ու հրացաններ տվին:

Դե հիմի թող գայլերը համարձակվեն մոտենալ մեր հոտին...

ԱՌԱՋԻՆ ՈՐՍԸ

Այդ գիշեր քունս չտարավ: Դե հրացանը իմ գլխավերևում պատն ի վեր կանգնած է, իսկի կքնե՞մ որ...

Հենց աքլորն առաջին բերան կանչեց՝ ես վեր թռա տեղիցս, սառը ջուրը երեսովս տվի, տրեխներիս մեջ բուրդ դրեցի, հագա և մի շաքաթվա ուտելիքի պաշարով ու հրացաններով բեռնավորված՝ դուրս եկա տնից: Մայրս շատ ստիպեց, որ մնամ լուսանա, չլսեցի: Հրացանը չափահաս տղամարդու սիրտ էր տվել ինձ: Բացի դրանից, ուրիշ հաշիվ կար: Գիտեի, որ լուսադեմին նապաստակները ճանապարհների վրա են լինում, որոշել էի բախտս փորձել:

Ձմեռանոցին դեռ չէի հասել, երբ տեսա ճամփի եզրին մի բան պլշած ինձ է նայում: Իսկ և իսկ նապաստակ: Ինձ տեսնելուն պես երեսը շուռ տվեց: Ա՜յ քեզ հիմար կենդանի, երեսը դենն է անում, որ իրեն չտեսնեմ... Ծիծաղս հազիվ զսպեցի:

Դե, որսկան տղա՞, շնորհքդ տեսնեմ: Իմ բաժին «Մոսինը» լցրած պատրաստ էր: Հրացաններն ու խուրջինը ուսիցս կամաց վեր դրի, չոքեցի ու տրա՜ք...

Նապաստակը վեր թռավ, օդի մեջ գլուխկոնծի տվեց ու փռվեց ձյան վրա: Անպատմելի մի ուրախություն պատեց ինձ:

Որսս վերցրի ու երգելով, սար ու ձոր թնդացնելով մտա ձմեռանոց:

Ընկերներս՝ շների հետ միասին, գոռում-գոչյունով դիմավորեցին ինձ:

– Հրացաննե՛րը, հրացաննե՛րը...

– Մի որսկանիս տեսեք, մի սրա որսը տեսեք...

Այնպիսի մի ուրախություն էր պատել ընկերներիս, որ շշկլվել էի, չէին թողնում մի խոսք էլ ես ասեմ:

– Տղե՛րք, մի ձեռաց խորոված չանե՞նք,— հարցրեց մեր ավագը՝ Գրիգորը: Բայց դա հարց չէր, այլ՝ հրահանգ:

Իսկույն մասրի թփից շամփուրներ շինեցինք, բուխարին թեժացրինք, որսը խորովեցինք, կերանք ու ամեն մեկս մի «Մոսին» հրացան շալակած՝ անասունները քշեցինք հանդ:

– Դե հիմի թող գա, տես փորը ոնց եմ թափում...

– Թոքը ձախ կողքովն եմ հանելու...

– Մեռած բան է, որ մեկն ու մեկին չսպանեմ...

Այսպես գլուխներս գովելով հանդ գնացինք՝ հենց այդ օրը գայլերին կոտորելու մտադրությամբ:

ԹՆԴԱՑՆՈՒՄ ԵՆՔ ՍԱՐ ՈՒ ՁՈՐ...

Բայց մեր հաշիվը սխալ դուրս եկավ: Գայլերը, ինչպես երևում է, գլխի էին ընկել, որ վտանգ է սպառնում իրենց, նրանք էլ են հասկանում՝ ձեռքինդ հրացա՞ն է, թե փայտ: Բայց մենք պարապ չմնացինք, սկսեցինք զինավարժությունները: Դանակով հինգ կոպեկանոցի չափ նշան էինք անում ծառի բնին ու սկսում հերթով կրակել վրան: Է՛, երեք հրացա՛ն, մենք էլ կրակոտ տղաներ, փամփո՞ւշտ կդիմանա:

Ամեն հրացանին մի փամփուշտ էր մնացել, երբ բախտներս բացվեց. Տիկոն Գառնաքարի փչակներից մեկում մի տոպրակ փամփուշտ գտավ: Ո՛վ գիտի՝ ո՛վ և ի՛նչ նպատակով էր թաքցրել... Բայց լավ էր թաքցրել՝ խո՛րը, չոր տեղ: Որ տոպրակը շուռ տվինք կանաչի վրա՝ աչքներս շլացան դեղին պղնձի փողփողալուց...

Անպատմելի ուրախություն պատեց մեզ: Գրիգորը դատարկ պարկուճներ շարեց մի սալ քարի, քանիհինգ քայլ չափեց ու ասաց.

– Ով պլոճիկ ունի, թող մեյդան գա...

Տիկոն կրակելիս երկու աչքն էլ խփում էր, դե նրա կրակածը՝ հեչ: Ես հինգ պարկուճից երկուսը թռցրի՝ վզ՛զ՛...

Գրիգորը չոքեց ու մնացած պարկուճները իրար հետևից թըրըեց: Գնացինք գտանք, բոլորն էլ կիսից ծակված...

Այնպես վարժվեցինք մեր զենքին, որ հետագա օրերին պատահում էր, որ գնդակով կտրում էինք խոտի ցողունը, ծաղկի վիզը, տերևի կոթը...

Իսկ երբ վերջանում էր շաբաթը՝ երեկոյան, հրացանները ուսներիս, գյուղ էինք գնում ու մասնակցում պատկոմական կոլեկտիվի հավաքույթներին:

Անցավ չորս-հինգ շաբաթ, գայլերը չկան ու չկան: Բայց օր չի անցնում, որ կաքավ, նապաստակ չսպանենք: Վայրի կատվին փախցնում ծառն էինք հանում ու տակից զինվորական կարգով համազարկ տալիս:

Մեր «հրամանատար» Գրիգորը հրահանգում էր.

– Դա՛սակ, կրա՛կ...

Ի՜նչ դասակ, երեք հոգի էինք... Եվ երեք հրացան միասին թնդում էին: Կատուն կամ սկյուռը ճյուղից-ճյուղ դիպչելով ընկնում էր ցած, իսկ շները ծառի տակ պպզած, դունչները վեր տնկած՝ «հա'փ» էին անում և օդում բռնում խփված կենդանուն: Մեր որսած կենդանիներին մաշկում էինք, մորթիները չորացնում ու խփում խրճիթի պատին:

Իսկ ո՞ւր մնացին գայլերը: Նրանք գիշերները ոռնում էին կամ ձմեռանոցի մոտերքում մինչև լույս շների հետ զզվռտվում, բայց ցերեկով հոտին մոտ չէին գալիս, կրակոցներից հասկացել էին, որ զենք ունենք:

Բայց մի երեկո, երբ հոտը տուն էինք բերում, մազը թափված փոքր գայլը երևաց հոտի առաջ ու պտույտ գալով ցատկեց անհետացավ թփերի մեջ: Ոչխարները խրտնեցին և դուրս եկան ճամփից, իսկ վերևում մեր Բողարը ո՛նց է ոռնում ու կոնձկոնձում: Ետ նայեմ տեսնեմ՝ մի ահագին գայլ բռնել է ոչխարի դմակից, իսկ շունը թռել է նրա շալակն ու զզում է:

– Հայ հա՜րայ... Ղայթա'ր, Բողա'ր...

Հրացանները թնդացին ձորում, գայլը ոչխարին թողեց փախավ:

Երբ այս դեպքը պատմեցինք ձմեռանոցի ամենածեր հովիվ Մելքոն ապնին, նա քմծիծաղ տվեց, չիբուխը վառեց ու ծխելով սկսեց երկար-բարակ պատմել գայլերի խորամանկության մասին:

– Հիմա գելերը ձեզ խաբել են հա՛,— ասում էր նա բեղի տակ ծիծաղելով:—Էն պուճուրը որ կա՝ էգն է, մեծն էլ՝ որձը: Չոբանին խաբելու համար էգը սուրվի առաջին երևում է, որ նրա հետևից վազեք, իսկ որձը (ախր նա ուժեղ է) հետևից էնպես է փախցնում ոչխարին, որ իսկի դուք էլ չիմանաք: Համա Բողարը ձեզանից խելոք է: Նա հո ձեզ պես միամիտ չի, որ սուրուն թողնի, փախչող գելի հետևից ընկնի...

Բողարն օջախի առաջ պառկած, իմաստուն աչքերով նայում էր Մելքոն ապնին ու պոչը մտերմաբար շարժում: Կարծես հասկանում էր, որ իրեն են գովում:

ՓՈՐՁԱՆՔ

Մի օր շատ ձյուն տեղաց: Մառախուղն այնպես էր գետնին չոքել, որ մատդ մարդու աչք կոխեիր՝ չէր տեսնի: Ձյունն անդադար գալիս էր: Երեկոյան դեմ տավարն առաջից, ոչխարը ռետևից՝ հանդից ճամփա ընկանք դեպի ձմեռանոց: Այդ օրն էլ, հակառակի պես, շները հետներս չէին. Ալխանանց Արշակի կովը ժայռից վայր էր ընկել, շներն ամբողջ օրը լեշի վրա էին:

Մոտեցել էինք ձմեռանոցին, երբ հազիվ նկատեցի, որ ճամփի կողքից մի գորշ, փոքր կենդանի միացավ հոտին: Ոչխարները թեթև խրտնեցին ու նորից հանդարտվեցին:

Միրտս ահ՛ ընկավ: Ասի՝

Տղե'րք, լսել եմ, որ էգ գելն իրան շուն է ձևացնում, խառնվում հոտին ու գիշերը գոմում ոչխարներին կոտորում:

Ընկերներս վրաս ծիծաղեցին:

– Ա՛յ դմբո՛, գելը որ սուրուի մեջ մտնի, էսպես հանդարտ կգնա՞ն:

– Էն օրվա գելը տեսա՞ր, ոնց որ մի պուճուր թազի լիներ, ոչխարները հենց կարծում էին, թե շուն է: Նա էնպես հնարքով է բարեկամանում, որ չեն խրտնում:

Այսպես պատճառաբանեցի ես ու գայլի այդ խորամանկության մասին պատմեցի բոլորը, ինչ որ լսել էի փորձված որսորդներից: Առաջ գնացինք, հոտը աչքի անցկացրինք՝ ոչինչ չկար: Ընկերներս սկսեցին ինձ ձեռ առնել.

– Խե՛ղճ երեխա, վախեցել է, աչքին գել է երևում...

– Գյադեն քաջքերի փայ կդառնա...

– Տղեն փորձված որսկան է, հո մեզ նման չի...

Այնքան էի վրդովվել, այնքան էի չարացել, որ մտքումս ասում էի. «Երանի մի լավ կոտորի, որ խելքներդ գլուխներդ գա»:

Հոտը տեղավորելուց և ընթրելուց հետո թաղիքը փռեցինք բուխարու առաջ, պառկեցինք վրան ու կարպետը գլուխներիս քաշեցինք: Բայց ահը սրտումս է, չգիտեմ ինչու՝ մի տխուր նախազգացում պատել է ինձ: Մեկ մտածեցի՝ ճրագը վառեմ, գնամ գոմը ստուգեմ, մեկ էլ վախեցա ընկերներս նորից ծաղրեն ինձ:

Քնեցինք:

Գիշերվա մի ժամին թմփթմփոց լսեցի: Քնաթաթախ վեր թռա, աչքերս տրորեցի, ականջ դրի. գոմի կողմից ձայներ են լսվում, ոչխարները պատեպատ են դիպչում ու դմակները ծափ տալով՝ դես-դեն փախչում:

– Այ տնաքանդներ, վե՛ր կացեք, գելերը ոչխարը կոտորեցին,— գոչեցի ես, ճրագը վառեցի ու դուրս վազեցի:

Գոմի դուռը հենց բացեցի, մի թուխ կենդանի թռավ դեպի ինձ, որ դուրս փախչի՝ խփվեց դռան եզրին: Դուռը փակվեց, ճրագը հանգավ, ես մնացի ներսում: Տեսնեմ՝ գոմի առաստաղից հող է թափվում: Նայեցի՝ գոմի կտերը մի փոքրիկ անցք է երևում: Վերևից մի ուրիշ գայլ այդ անցքը լայնացնում է թաթերով, երևի նրա համար, որ ընկերոջն էլ, սպանված ոչխարներին էլ դուրս հանի այդ ծակով:

Մթնում չոմբախս պտտում եմ ու գոռգոռում, մինչև որ տղերքը ներս մտան՝ ածխակոթերը ձեռներին: Գոմը լուսավորվեց: Շները գոմի կտերը որձ գայլին են զգում, իսկ ներսում էգը պատեպատ է դիպչում, թռչում վեր, ոչխարներին խրտնեցնում: Վրա հասանք, դրա գլխին տուր թե կտաս՝ մե՜կ, հի՜նգ, տա՜սը... շշմեց վայր ընկավ: Ոսկորները ջարդեցինք ու պոչից բռնած քարշ տալով դուրս գցեցինք:

Բայց դե, անիրավը սարսափելի ջարդ էր տվել: Հաշվեցինք. քսանութ ոչխար սպանված էր: Անխիղճ գազանը նրանցից մի քանիսի բկերը ծակել էր ու պատն ի վեր ցից կանգնեցրել՝ ճիշտ Մելքոն ապնի պատմածի պես: Շատերին էլ խուժապահար հոտն ինքն էր ոտի տակ տվել, սպանել, իսկ կենդանի մնացածները քրտինքի մեջ կորած հևում էին:

Գայլի վատն էլ հենց այդ է. կոտորում է, ինչքան որ հաջողվի:

– Որ ասում էի՝ գայլը խառնվեց ոչխարներին, վրաս ծիծաղում էիք, տեսա՞ք...

Ոչ ոք ինձ չպատասխանեց, բոլորի սրտից էլ «սև արյուն էր գնում»:

Միակ մխիթարական բանն այն էր, որ գայլին տիկ հանեցինք ու մորթին հանդիսավոր կերպով կախեցինք պատից՝ վայրի կատվի զոլավոր մորթու մոտ:

«ՈՉ ՄԻ ԳԱՅԼ ՄԵՐ ՀԱՆԴԵՐՈՒՄ»

Մյուս օրը Տիկոյի տերը՝ Սողոմը գյուղից եկավ փրփրած և ուզեց նրան ոտի տակ տալ՝ տրորել: Բայց «չոբանների խորհրդով» մի մարդու պես կանգնեցինք մեր ընկերոջ թիկունքին ու պաշտպանեցինք:

– Էլ էն կարգերը չեն հա՜, խելքդ գլուխդ հավաքիր... Ինչ է, փորձանքը հո Տիկոն չի բերել,— առաջ եկավ մեր խմբի պետ Գրիգորը՝ աջ ձեռքը դաշույնի դաստակին դրած:

Տիկոյի աղան սրտնեղած թքոտեց, մռթմռթաց թե՝ «Ես ձեր պատկոմ գրողի ինչն ասեմ...»: Հայհոյեց ու սպանված ոչխարները սայլը լցրեց-տարավ՝ գյուղաքաղաքում վաճառելու:

Հավաքվել ու մտածում ենք, էլ ի՞նչ ռազմականացում, էլ ի՞նչ կոմսոմոլ, ի՞նչ պատկոմ, որ այսքան թուք ու մուր գա մեզ վրա:

Որոշեցինք՝ ինչ էլ որ լինի վրեժ հանել կենդանի մնացած գայլերից:

– «Ոչ մի գայլ մեր հանդերում»,— ահա մեր պատկոմական–որսորդական լոզունգը,— հանդիսավոր հայտարարեց մեր պետ Գրիգորը, և որոշեցինք գայլերի դեմ գործի դնել նաև թակարդն ու թույնը:

Մյուս օրն ընկերությունից բերինք մի թակարդ ու մի քիչ էլ թույն, որը շաղ տվինք մի ժայռի անցքի առաջ, կարծելով, թե գայլի բույն է: Իսկ թակարդը լարեցինք երկու ժայռերի մեջտեղ ընկած նեղ կածանի վրա, որտեղից ամեն գիշեր գայլերը գալիս և, ձմեռանոցի վերին բլրին պպզած, ձայն-ձայնի էին տալիս:

ԱՆՄԵՂ ՁՈՀ

Օրերն անցնում էին, մեր թակարդին մոտեցող չկար: Մի առավոտ էլ, այդ կողմերով անցնելիս դեռ հեռվից մի բրդոտ պոչ երևաց:

– Տղերք, գելը թույն է կերել սատկել,— գոչեցի ես ու վազեցի:

Թավամազ պոչը վեր քաշեցի՝ շարունակությունն աղվես էր...

Խեղճը հազիվ էր մի հավ ճանկել, էն էլ գլխին հարամեցինք: Այդ օրը աղվեսը փախցրել էր Գրիգորենց հավը, բայց մինչև մարսելը թունավորվել էր:

Աղվեսին քարշ տվինք գոմերը, մորթին տիկ հանեցինք ու կախ տվինք մյուս մորթիների մոտ:

Մեր խրճիթը կատարյալ կենդանաբանական թանգարան էր դարձել: Նույնիսկ կաքավներն ու մոշահավերը, կաչաղակներն ու «չարթերը» տիկ էինք հանում, մեջները խոտ լցնում ու դնում թառի վրա: Կարծես կենդանի թռչուններ լինեին՝ գույնզգույն փետուրներով ու զանազան կատարներով:

Ուրախանում, զվարճանում էինք մեր թանգարանով: Բայց շարունակ հիիշում էինք խեղդած ոչխարներին և սրտներիցս մոմուռը չէր գնում:

– Վրեժ գայլերից, վրե՛ժ...

Շաբաթ երեկոյան խմբով գնացինք գյուղ՝ պատկոմական հավաքույթի: Մեր առաջարկած «Ոչ մի գայլ մեր հանդերում» լոզունգը հաստատվեց ժողովում: Թեև ոմանք մեզ ծաղրում էին, թե՝ «ձեր ձեռքից բան չի գա», բայց մահակով գայլ սպանելու և մորթիների թանգարանի մասին բոլորն էլ լսել էին, և տեղն եկած ժամանակ քարտուղար Պետրոսը գյուղում պարծենում էր իր «չոբան-պատկոմների» սխրագործություններով:

ՊԼՈՃԻԿ ՈՒՆԵ՞Մ, ԹԵ ՈՉ

Այդ գիշեր, հավաքույթից հետո, ճամփա ընկանք դեպի ձմեռանոց: Պարզկա էր և ցուրտ: Սառած ձյունը ճրթճրթում էր մեր ոտքերի տակ: Միրտ է փառավորվում, երբ մարդ գիշերը երգում է անտառում, այն էլ՝ խմբով: Այդ բավականությունը մենք միշտ վայելում էինք: Այդ գիշեր նս նոր սովորած մեր հեղափոխական երգերով ջերմացրինք սառած անտառը.

Հրաժարվենք, ընկերներ, հին օրենքների՛ց,

Նրանց փոշին թափ տանք մեր ոտքերի՛ց... Թնդում էին մեր մատաղ հոգիները այդ երգից, և մեր թևավոր, միտքը թռչում էր դեպի բոսոր հեռուները...

Այդպես երգելով, լուսաբացին հասանք ձմեռանոցի մոտի բլրին:

– Տղե՛րք, եկեք գնանք թալակը ստուգենք:

– Բալա՛մ, թալակից ձեռ քաշի, նա գել բռնող չի,— առարկեց Տիկոն:

Արդեն մարտն ենք մտել, շուտով կգարունքանա, մենք անմուրազ մնացինք: Գելերը կծնեն՝ մեկը տասը կդառնա:

– Թե դուք չեք գալիս, ես մենակ կգնամ,— պնդեցի ես:

– Մենա՞կ... Քեզ այդքան պլոճիկ որտեղի՞ց,— գրգռեցին ինձ: Շատ փիս վիրավորվեցի:

– Կգնամ... հենց առանց զենքի կգնամ,— կողի ընկա ես, իրացանս հանձնեցի Գրիգորին ու ճանապարհից դուրս գալով՝ մտա անտառ:

– Հանաք ենք անում, ա՛յ տղա, ե՛տ արի,— հետևիցս կանչեց Տիկոն:

– Ոչինչ, թող գնա, սիրտը պնդանա,— իր վճիռը տվեց Գրիգորը: Ես դրանից ավելի բորբոքվեցի, ուրեմն իմ սիրտը նո՞ր պիտի պնդանա...

Ձյունը ծնկներիս էր հասնում, բայց քայլում եմ տաքացած՝ առանց կանգ առնելու: Ձյան մեջ թաղված չոր ճյուղերը փշրվում են ոտքերիս տակ, ընկնում եմ, վեր եմ կենում, ինձ թափ տալիս:

Մոտեցա թակարդին: Կաչաղակի նման չալտիկ և աղմկարար ճայերը ճյուղից-ճյուղ են թռչկոտում ու չրթչրթացնում: Անհանգիստ են, դա նշան է, որ մոտերքում գազան կա: Բայց չգիտեմ ի՞նձ են գազան համարում, թե՞ մի ուրիշը կա:

Առաջ գնացի, հասա ժայռին, որի ստորոտով անցնում է շավիղը, ուր թակարդն է լարած: Ա՜յ քեզ բան. թակարդն անհետացել է, կարծես գերան են քարշ տվել ծառերի ու թփերի միջով: Հետքերով առաջ գնացի, հասա մի քարի, բարձրացա վրան: Ներքևից շան ծմրոցի նման ձայն եմ լսում: Ցած նայեցի՝ մի մազոտ պոչ է շարժվում: Իջա ցած, առաջին տեսածս մի ահագին բաց բերան էր՝ մեջը լիքը սուր-սուր ատամներ և մի զույգ կատաղի աչքեր: Գա՜յլ... Իսկ և իսկ գայլ... Ետ-ետ գնաց ու փախավ դեպի ձորը: Բայց ո՞ւր պիտի փախչի, թակարդը քարշ է գալիս առաջի աջ ոտքից: Ուրախությանս չափ չկար, որ և արտահայտեցի գոռում-գոչյունով:

Այդպես, նա քարշ է գալիս դեպի ձորը՝ ես հետևից, մինչև որ մի տեղ թակարդի կեռը բռնեց թփից, և գայլը կանգ առավ, ցավից վնգստաց, լիզեց վիրավոր թաթը: Տեսավ մոտենում եմ՝ ծառս եղավ, ցատկեց դեպի ինձ: Իզո՜ւր, թակարդը ամուր էր բռնել թփից: Սիրտ արի, մոտեցա, չոմբախս մեկնեցի գազանին ու սկսեցի հետը զրույց անել.

– Հը, ո՞նց էր մեր թուխ ոչխարի միսը... Ես է քեզ տիկ կհանեմ, տեղը դուրս կգա, մի քիչ սպասի՛ր...

Ես իմ երեխայական կատակներն էի առաջ տանում, մեկ էլ անիրավը բռնեց մահակիս ծայրից, թափ տվեց ու խլեց-զինաթափ արավ ինձ:

Ատամներն այնպես էր չխկչխկացնում ու աչքերից կայծեր արձակում, որ մազերս փշաքաղվում էին: Ձյան տակից փայտի կտորներ հանեցի ու շպրտեցի վրան: Ավելի կատաղեց:

«Էս անտերը մի փորձանք չբերի՞ գլխիս»,— մտածեցի ես, ետ քաշվեցի ու կատվի ճարպկությամբ մագլցեցի մի բարձր հաճարենի: Դիմացի լանջին երևաց մեր նախիրը: Ինչքան ուժ ունեի գոռացի.

– Տիկո, հե՜յ... Գրիգոր, հե՜յ...

Ձայնս արձագանքեց ձորում ու կրկնապատկված ուժով հասավ հեռավոր ծմակները:

– Հե՜յ...— լսվեց պատասխանը:

– Աղա, գելը բռնել ե՜մ... թոկ բերեք, կապե՜նք, գելը բռնել ե՜մ...

Ուրախության մի աղմուկ ընկավ տղերքի մեջ: Տեսնեմ դիմացի սարի լանջով երկու հոգի հարայ-հրոցով վազում են դեպի ձմեռանոց:

Ծառից իջա: Գայլն իրեն կտրտում է, իսկ ես քարի տակ ծուլ-ծուլ եմ լինում, լեզուս ու ատամներս ցույց տալիս, թքում, ջղայնացնում, իմ խելքով «զբաղեցնում եմ», մինչև ընկերներս հասնեն:

Քիչ անց՝ ձորից շների հաչոց լսվեց և ընկերներիս աղմուկը: Ձյունը ճեղքելով՝ անտառի զավակները բարձրանում են վեր: Շները հասան և խլացուցիչ հաչոցներով հարձակվեցին գայլի վրա:

Իսկ գազանն իր առողջ թաթով դես-դեն էր շպրտում շներին, որին էլ ահագին բերանով բռնում ու տակն էր դնում: Դրա այդ համարձակ արարքից շները շատ վրդովվեցին և քիչ էր մնում գայլի բուրդը քամուն տան՝ չթողինք:

– Տղե'րք, կենդանի պետք է գյուղ տանենք,— հրահանգեց Գրիգորը:

– Կենդանի՛, անպայման կենդանի,— ձայն տվինք մենք:

Տիկոն ճարպիկ օղապարան գցող էր: Սարերում ամառը քանի՛-քանի անգամ վայրենացած նժույգների երամակը շրջապատել էինք, պարանը նետել, օղակել ձիերի վիզն ու թռել նրանց մերկ մեջքին:

– Ե՛տ քաշվեցեք,— հրահանգեց Տիկոն՝ օղակը պատրաստելով:

Պարանը թռավ օդում, օղակը գրկեց գայլի վիզն ու սկսեց սեղմել: Գազանը առողջ թաթով սկսեց քաշքշել պարանը, ատամներով ծվատել, բայց իզուր ջանքեր: Երեքով կախվել էինք պարանից և մեր զոհին քարշ էինք տալիս դեպի ձմեռանոց: Գայլը սղղում էր սառած ձյան երեսով, իսկ մենք ուրախությունից այնքան գոռացինք, որ ձմեռանոցի բոլոր տավարածները անասունները թողած՝ եկան մեզ մոտ, լծվեցին «քաշանին» ու մասնակից եղան մեր ուրախությանը:

– Այ քո ժեները անիծվեն, մեր Մարալի բուկը է՞ս ատամով ծակեցիր,— ասաց տավարած Սեռոբն ու փայտի ծայրը խոթեց գայլի բերանը:

– Դե, դե, մեր քեռու քեֆին մի՛ դիպչի, կենդանի զեղն ենք տանելու,— բարկացավ Գրիգորը:

Ձմեռանոցում մի բույն շինեցինք, գայլին թիակով հրեցինք մեջը:

Դե հիմի գնա երազումդ տես թուխ ոչխարի դմակը...

ՎԵՐՋԻՆ ԳՌՈՀԸ

Գարունը բացվում էր, արդեն մարտի վերջն էր: Մի գայլ ևս մնացել էր մեր կողմերում, որ շարունակում էր անպատիժ կերպով այստեղ-այնտեղ վնասներ տալ, ոչխար փախցնել:

Հանդերում ձյուն չկար, հետքը չէր երևում, դա դժվարացնում էր մեր գործը: Այդ գայլին սպանելու հույս չունեինք:

Չնծաղիկի ու լալազարի փնջերը ձեռքներիս՝ գնում էինք գյուղ ժողովներին, գովասանքներ էինք լսում, բայց մենք գոհ չէինք մեզնից:

Մեր կողմերը լեռնոտ երկիր է, ապրիլին հանկարծ խոր ձյուն եկավ: Թեև տխրեցինք, որ արոտը փակվեց, բայց երբ Տիկոն լուր բերեց, թե՝ գայլը հենց նոր անտառ մտավ, ուրախացանք ու հրացանները վերցնելով՝ շտապեցինք հեռացող կենդանու հետևից:

Մելքոն ապին մի ախ քաշեց, որ ջահել չի, որ հետներս գա, բայց մեզ սովորեցրեց, թե ո՛ր կողմով գնանք և ի՛նչ անենք:

Նրա խորհրդով հոտը դուրս հանեցինք փարախից և, ի ցույց գայլի, փռեցինք դիմացի լանջին, իսկ ես ու Տիկոն գաղտնի անցանք գայլի թիկունքը: Մելքոն ապին ասել էր, որ գայլը ոչխարի շրջակայքից չի հեռանա, նա Ազռավի քարի մոտից կհետևի հոտին:

Արևը դուրս էր եկել, ձյան հատիկները փայլփլում էին ու աչք ծակում, ձյունին նայել չէր լինում:

– Ո՞նց եմ սպանելու, աչքերիս ջուրը գնում է,— գանգատվում էր Տիկոն: Այդ ձախորդ կրակողը այնպես լուրջ էր ասում, կարծես սպանողն ինքն էր լինելու...

Կուզեկուզ և անձայն մոտեցանք Ազռավի քարին: Մի նապաստակ թփի տակից փախավ ու քիչ հեռվում պպզեց: Ո՛վ է կրակողը, բա՛ն չունես... Չէ՛, առաջ գնանք, մեզ գայլն է պետք, հարկավոր չէ նրան խրտնեցնել: Հայացքներս հենց նապաստակից դարձավ դեպի ժայռը, տեսանք նրա տակ մի մուգ կենդանի կանգ առավ ու երեսը դենը նայում է: Հրացանի փակը բացելու թեթև չխկոցից ետ նայելու համար նա տեղնուտեղը պտտվեց: Ահա մեզ նկատեց և մինչև շուռ կգար, որ փախչի՝ մեկը մյուսի հետևից թնդացին մեր հրացանները: Շանթահարված գազանը հետևի ոտքերի վրա կանգնեց, իշի խռնչոցի նման ձայն հանեց ու գլորվեց ներքև...

Այդ ռռնոցին մենք պատասխանեցինք հաղթական մի աղաղակով:

...Հձեռվից դեպի մեզ էին վազում շները և ձմեռանոցի հովիվները:

ՀԱՂԹԱԿԱՆ ՄՈՒՏՔ

Մայիսի մեկն էր, մի պայծառ առավոտ: Նոր տերևակալող անտառի միջով անցանք ու հաղթական երգերով մտանք գյուղ: Սայլի ճաղից կապած քարշ էր գալիս կենդանի գայլը, իսկ մենք մորթիները մի-մի դրոշակ էինք շինել ու վեր պարզած տախտակի վրա ածխով գրել մեր մարտական լոզունգը՝ «Ոչ մի գայլ մեր հանդերում»:

Այդպես թափորով, շուքով, հանդիսավորությամբ տեղ հասանք ու գայլի, նապաստակների, սկյուռների, վայրի կատուների մորթիները և գույնզգույն թռչունների խրտվիլակները կարգով շարեցինք գրասենյակի առաջ՝ գյուղի կենտրոնում: Շները մոտենում էին գերի գազանին ու նրա հայացքին հանդիպելով՝ ետ քաշվում: Երեխաները քիչ էր մնում հետաքրքրությունից վրա թափվեին ու ցրիվ տային մեր թանգարանը:

– Ապրե՛ք, տղե՛րք, ապրե՛ք,— մեզ գովեց քարտուղար Պետրոսը:

– Ա՛յ, սրանք են իգիթը, թե չէ մեր ժամանակ ամեն մի ավազակի իգիթ էին ասում,— գլուխը տարուբերելով ասում էր ծեր որսորդ Մուկուչը:—Հե՛յ գիտի ժամանակ,— հառաչեց նա,— մեր ժամանակ չախմախավոր թվանք էր: Պատահել է, որ արջի բերանն եմ կոխել ու չրթել՝ չի տրաքվել, ու խանչալով, դանակով՝ մի հնարքով ճանկերիցը պրծել եմ: Դե հիմի ի՛նչ կա որ, Մոսինը ձեռքների՛ն, իրանք էլ անտառում մեծացած տղերք, դե կսպանեն ու կսպանեն, էլի՛...

– Շարվի՛ր...— լսվեց կոլվարի հրահանգը:

Շարվեցինք և մեր որսով, ավարով, ողջ կոլեկտիվով ճամփա ընկանք դեպի գավառային քաղաքը: Ի՛նչ շքերթ էր...

Քաղաքի պատկոմական կազմակերպությունը նվագախմբով դիմավորեց մեր հաղթական մուտքը:

Շքեղ դահլիճի բեմը զարդարվեց մեր թանգարանով, իսկ մենք փառավոր կերպով բազմեցինք փափուկ աթոռների վրա:

Դահլիճը լիքն էր կոմերիտականներով, պատկոմներով: Մայիսմեկյան ճառերում մեզ էլ հիշեցին, ռազմականացումն էլ, մեր երկրի թշնամիներին էլ:

Վերջում ռազմական կոմիսար «ընկեր Բագրատը» աղմկալի ծափահարությունների տակ, ամեն մեկիս մի սիրուն կարաբին հանձնեց ու ասաց.

– Ապրեք, տղե'րք, ես չեմ կասկածում, որ եթե հարկ լինի, մեր սահմաններից էլ կքշեք սովետական երկրի թշնամիներին՝ գայլ բուրժույներին:

Հրացանները ձեռքներիս՝ զգաստ ձգվեցինք ու գոչեցինք միաձայն.

– Միշտ պատրաստ ենք... Ո՛չ մի գայլ մեր կարմիր սահմաններում...

Դահլիճում թնդացին ուռաները, նվագախումբը արյուն եռացնող «Մարսելյոզ» նվազեց և դրոշակներն իջան մեր պատրաստ պահած հրացանների վրա:

Փոթորկված էին մեր մատաղ հոգիները, և երբ գյուղ էինք վերադառնում՝ դեմքներս դեռ այրվում էին մեր ապրած մեծ հուզմունքից:

Գյուղի տակ երևաց կուլակ Սողոմը: Տիկոյի գլխին կարծես սառը ջուր լցրին, ոգևորությունը հանգավ, դեմքը մթնեց:

– Տղե՛րք, բա էն երկուտանի գայլի՞ն երբ ենք տիկ հանելու,— հարցրեց նա մռայլ:

– Թակարդը պահիր, պետք կգա,— ծիծաղելով պատասխանեց Գրիգորը:

1929

ՄԱՅՐ ԱՐՋԸ

1

Աշունը եկավ, և մեր անտառները նորից նախշուն շորեր հագան:

Քոչը սարից իջավ, ձմեռանոցները նորից կենդանացան կովերի բառաչից ու ոչխարների մայունից:

Գոմեշներն անտառ մտան և փնչոցով սկսեցին խժռել տանձ, կաղին ու վայրի այլ մրգեր:

Մեզ համար սկսվեց հետաքրքիր մի շրջան՝ թեժ խարույկների շրջանը: Կրակը բորբոքում էինք անտառում, շուրջը նստոտած հեքիաթ լսում ու կեծացած մոխրի մեջ կարտոֆիլ խորովում:

Այն ժամանակ ես մի նիհար պատանի էի՝ ոչխարի մորթուց մեծ փափախը գլխիս, տրեխները հագիս, կեռ չոմբախը ուսիս: Շորերս կարված էին տանը գործված կոշտ շալից, արմունկներս ու ծնկներս միշտ կարկատած: Նրանի՞ց էր, որ ծառ շատ էի բարձրանում պտուղ քաղելու, թե՞ նրանից, որ ամեն օր կռիվ էի բռնում ընկերներիս հետ՝ հագուստ չէր դիմանում ինձ:

Ծնողներս գյուղում էին ապրում, իսկ ես, իմ ընկերների հետ, տավար էի պահում ձմեռանոցում, որ գյուղից հինգ-վեց կիլոմետր հեռու, մի անտառոտ ձորում, Խալ-խալլու սարից եկող գետակի ափին:

Դա մի արևոտ ու մեղմ ձոր էր, քամիներից պաշտպանված: Ամառը, սարերում հնձած մեր խոտը փոխանակ գյուղ տանելու, ծառի ճյուղերի վրա դարսում էինք, եզները լծում ու քարշ տալիս դեպի այդ ձորը, դիզում էինք ցանկապատի մեջ և ձմռանը բուք օրերին մեր անասունները կերակրում նրանով:

Քանի որ էլի եմ պատմություններ անելու ձմեռանոցի տավարածների կյանքից, ուզում եմ երկու խոսքով տալ մեր ձմեռանոցի պատկերը:

Այնտեղ ամեն տնտեսություն ուներ իր խոտի դեզը՝ աղքատներինը փոքր, արագիլի գզգզված բնի նման, իսկ հարուստներինը՝ վիթխարի, հսկայական: Անծանոթ մարդը հենց հեռվից՝ դեզերի տեսքից որոշում էր, թե մեր գյուղացիներից ո՛վ ինչ ապրուստի տեր է:

Ամեն տնտեսություն ուներ մի գոմ, ուր կապված էին լինում ընտանի կենդանիները, և նրան կից գետնափոր մի խրճիթ, որի մեջ ապրում էր անասուններ պահողը: Հարուստ մարդու գոմը մեծ էր լինում, բայց տունը դարձյալ խրճիթ էր մերի նման, որովհետև նրա մեջ իր «նոքարներն» էին բնակվում, իսկ տերը ապրում էր գյուղում:

Ամեն խրճիթում, պատի մեջ, լայն բուխարին էր, որ վառվում էր գիշեր-ցերեկ (դե, փայտն առա՜տ, տնից դուրս ես գալիս՝ անտառն է), պատի մեջ թարեքն էր, ուր կավե ամաններն էինք շարում, շեմքում պատին դեմ արած էր լինում ջրով լիքը կավե կուժը, իսկ նավթի ճրագը դրված էր լինում մրոտ սյունի ճռազաթաթին:

Մեր ձմեռանոցը բաղկացած էր այդպիսի 35-40 խրճիթից: Հարևան ձորում ևս մի այդպիսի ձմեռանոց կար: Նրանից դենը՝ մեկ ուրիշը: Այդպես, այդ լեռների մեջ, անտառոտ ձորերում, գետակների ափերին ցրված էին մեր և հարևան գյուղերի ձմեռանոցները:

Այդտեղ մենք ապրում էինք մինչև գարուն, մինչև որ սարերը կանաչում էին և մեր անասունների հետ սար էինք բարձրանում, իսկ աշնան սկզբին նորից իջնում էինք ձմեռանոց, այնպես որ մեր անասուններն իրենց կյանքում գյուղ չէին տեսնում:

Ձմեռանոցում մենք հացի նեղություն էինք քաշում, բայց կաթ և կարտոֆիլ ամեն տնտեսություն ուներ: Լուցկի, նավթ, շաքար այդ տարիներին չկար, իսկ ամենից դժվարը հագուստի հարցն էր: Մեր հագուստներն այնքան էին կարկատել, որ երբեմն չէր հասկացվում, թե ի՛նչ կտորից և ի՛նչ գույնի են եղել դրանք:

–Այ կապդ կտրա՜ծ, ախր քեզ շոր չի դիմանում,— նախատում էր մայրս շորերս կարկատելիս:

Դե ո՞նց դիմանար, գնում ես անտառ փայտ բերելու, փշերը բռնում են փեշերիցդ ու քաշում: Փայտը շալակում ես՝ բլուզիդ մեջքն է մաշում: Գայլն ընկնում է հոտի մեջ, «հայ-հարայ» կանչելով, սայթաքելով, ընկնելով, վեր կենալով վազում ես հետևից, և երբ ուշքի ես գալիս, տեսնում ես շալվարիդ ծունկը պատռվել է: Բարձրանում ես ծառը հաճար թափ տալու քեզ համար, անասունների համար, իջնում ես սողալով ու նայում շալվարիդ՝ փողքերը քրքրվել են: Իսկ դիմացդ դեղին տերևների միջից վայրի սալորներն են կարմրին տալիս, դե եկ դիմացիր ու մի՛ բարձրանա սալորենին...

Ժայռերն ես բարձրանում, քայլում ես կածաններով, խոտ ես կրում շալակով, գոմաղբն ես կողովներով դուրս տանում գոմից, ամեն մեկն իր բաժինն է քաշում հագուստիցդ, այդ բոլորին շո՞ր կդիմանա...

2

Ձմեռանոցում ես մի ընկեր ունեի՝ Սիմոն անունով: Ինձնից վեց-յոթ տարով մեծ էր: Մի լուռ ու հեզ տղա էր Սիմոնը, միշտ լուրջ, աշխատասեր ու տխուր. մանուկ հասակից զրկվել էր ծնողներից և աշխատում էր հարուստ Աթոյի տանը: Նա էլ ինձ նման կարկատած շալե շորեր էր հագնում ու գլխին դնում Աթոյի հնամաշ փափախը: Սրտակից ընկերներ էինք մենք և այն նեղ տարիներին վերջին կտոր հացը կիսում էինք իրար հետ:

Սիմոնի հետ ցերեկները անասուններն արածացնում էինք հանդում, երեկոները մաքրում գոմը, խոտ լցնում մսուրները ու քնում գետնին փռած թաղիքի վրա, բուխարու առաջ:

Սիմոնի վարձը տարեկան մի մոզի էր ու մի ձեռք շոր: Տավարած ժամանակս ինձ հետ շատ բաներ են պատահել, բայց այդ աշնանը մի զարմանալի, մի հրաշք բան պատահեց, որ մինչև մահս չեմ մոռանա:

Պատմեմ:

Մեր ձմեռանոցի մոտի անտառապատ բլրի մյուս երեսին, մի մռայլ ձորում, ահա հազար տարի է, որ երկու կիսավեր վանքեր են կանգնած: Այդ ձորը Ջուխտ վանքերի ձոր է կոչվում: Ես և Սիմոնը մեր անասուններն արածացնելու համար այդ ձորն էինք տանում: Կիսավեր վանքերի շրջակայքում հին գյուղի ավերակներ կան, վայրենացած պտղատու այգի, որը շողշողում էր ամեն գույնի սալորների, տանձի, խնձորի տեսքից, իսկ վարելահողերում դեռ կարտոֆիլ կար: Տավարածին էլ դա է հարկավոր, քանի աշուն է՝ խժռիր բնության տված ձրի բարիքները, հենց ձմեռը չոքեց դռանդ՝ վայ քո օրին, արթսրթս ու վնգստս...

Մի օր էլ Ջուխտ վանքերից ոչ հեռու կարտոֆիլը թաղեցի կեծացած մոխրի մեջ ու նստեցի ժայռի գլխին: Դիմացս ամբողջովին ծիրանի հագած անտառն է, որ ձորի երկու կողմերից բարձրանում է մինչև ծեր Խալ-խալլվի «գոտկատեղը»:

Նայում եմ ձորին, նայում եմ նախշուն անտառին, նայում եմ քչքչացող առվին ու մի տեսակ սիրտս լցվում է: Միտք եմ անում, թե՝ յարաբ էս ի՛նչ ձեռք է ստեղծել էս սիրուն-շարմաղ բնությունը, էս շահմար օձի գույները: Մեկ էլ միտք եմ անում, թե մեզ պես մարդիկ ինչի՞ են պետք, ինչի՞ ենք ապրում աղքատ ու անուսում: Մի խոսքով, գլուխներդ ինչ ցավացնեմ, մարդ եմ, էլի՛, ինձ ու ինձ խոսում եմ քարի հետ, ծառի հետ, տերևի հետ, և հազար ու մի բան է անց կենում մտքովս, ու ամենից շատ սիրտս լցվում է այն բանից, որ դպրոցական պարապմունքները նորից սկսվել են, Աթոյի երեխաները կոկիկ հագնված նորից դպրոց են հաճախում, իսկ ես, ուսման կարոտը սրտիս մեջ, դեռ տավարած եմ և հույս էլ չունեմ, թե բախտ կունենամ կյանքումս երբևէ դպրոց մտնելու...

Այդ մտքերով տարված-մոլորված՝ պղտոր հայացքով ցած նայեցի, ու հայացքս կանգ առավ մի թուխ բանի վրա: Մտքերս ցրվեցին: Մի լավ մտիկ անեմ, տեսնեմ ժայռի տակ մի արջի քոթոթ պորտն արևին է արել ու քնել: Սիմոնին ձեռքով նշան արի, որ շուտ գա: Նա առաջ եկավ, կիսախորով կարտոֆիլը բերանում, աչքերից արցունք թափելով ու մոխրոտ ձեռներով: Նշան արի, որ չխոսի ու մատս մեկնեցի ցած: Տեսավ որսն ու ագահությունից աչքերը պսպղացին: Մի քար վերցրեց, ուզում է խփի: Տատանվեց, քարը մի կողմ դրեց և ուղղությունը ճշտելու համար ոչխարի կտիտ ցած զցեց: Քոթոթն ականջը շարժեց, թաթով խփեց իր երեսին, կարծելով, թե ճանճերն են անհանգստացնում, և էլի քուն մտավ:

Սիմոնը վերցրեց քարը և զգուշությամբ ցած թողեց կտիտի ուղղությամբ...

Կակուղ թրխկոց լսվեց, և քոթոթն սկսեց ոտքերը ջղաձգորեն ցնցել օդում: Մենք, չնայած մեր կատարած սարսափելի անխղճությանը, ուրախության ճիչ ու աղաղակով վազեցինք, որ քարափի մյուս ծայրով իջնենք ցած:

Հանկարծ անտառից մռնչյուն լսվեց: Թավուտի միջից, տանձը բերանին խժռելով, դուրս եկավ վիթխարի մի արջ: Նա, փնչացնելով ու թափված ճյուղերը ջարդելով, վեր բարձրացավ և իր ձագին արյունաթաթախ տեսնելով, այնպես աղիողորմ գոռոց բարձրացրեց, որ անտառը թնդաց: Ցավագար հայացքով նայեց մեզ, հասկացավ ու ծառս եղավ ժայռն ի վեր:

Կարտոֆիլն ու անասունները թողած, մինչև ձմեռանոց մի շնչում փախանք...

3

Այդ երեկո ձմեռանոցի բնակիչները հավաքվել էին որսկան Մուկուչի տանը: Սիմոնի հետ միասին, նրան հավասար, Աթոյի ծանր դագանակի համն առնելուց հետո, ուռած աչքերով մտա ծեր որսորդի խրճիթը: Ամբողջ ձմեռանոցի ջահելներն այստեղ էին: Ասատուրանց Ներսեսը մի ծակ դույլ թմբուկ էր դարձրել, իսկ Ակոյենց Գրիգորը թութակ էր նվագում: Դա մի կատակերգ էր, որ նրանք հնարել էին սարում այդ ամառ «ճիլ» պանիր գողացած մի մարդու վրա: Երգի մի տունն այսպես էր.

Հոռոմսիմ մոքիր, վեր կալ ուռը, Կոտրի էդ անամոթի կուռը, Որ չքացեր ձեր դագի դուռը: Վա՜յ, տարել են թել-թել ճի՜լը, Ջա՜ն, տարել են թել-թել ճի՜լը...

Ամեն վերջին երկու տողն ասելիս, Վասոյենց Ենոքը թևերը վեր էր բարձրացնում, չուխի ծայրերը գոտին խրում ու պար գալիս:

Այսպես զվարճանում էին մեր ձմեռանոցի հովիվներն ու տավարածները, երբ ես ներս մտա ու նոթերս կախած կանգնեցի շեմքում: Բուխարու մեջ մի քոթուկ այրվեց, փուլ եկավ, կրակը թեժացավ և լույսն ընկավ իմ երեսին։ Նվագ ու պար դադարեց. երնի աչքերս ուռած էին։

–Էդ անաստվածը քե՞զ էլ է թակել,— հարցրեց իմ ընկեր Գրիգորը։

Ես լռեցի, ապա արտասուքս հազիվ զսպելով, ասացի, որ այս անգամ Սիմոնի տերը մեղավոր չի, քանի որ անասուններըը թողել ենք հանդում, փախել։

–Ինչի՞ եք փախել, այ տղա,— հարցրեց ծեր որսորդը։

–Արջն էնպես գոռաց, որ լեղաճաք եղանք,— ասացի ես ու պատմեցի մեր գլխի եկածը։

Մեծ հետաքրքրություն առաջ բերեց իմ պատմությունը։

–Համա, տղե՛րք, զգույշ կացեք, քոթոթի արինը քթներիցդ հանելու է,— անկյունից խոսեց տավարածներից մեկը։

–Չէ, չէ, պոզե՛ր։ Մարդ հո չի, անասուն է, էլի, իրեն որսովը կընկնի-կմոռանա,— կարծիք հայտնեց Ենոքը։

–Տո՜, շաշ ճիպրո, էն հավը, որ հավ է, հենց որ ճուտի կողքով անց ես կենում, արծիվ է դառնում, ուզում է երեսդ ծվատի։ Բա մերն իրեն ճուտի արինը կմոռանա՞,– վրա բերեց Գրիգորը։

Այսպես, մայրական զգացմունքի մասին թեր ու դեմ խոսում էին մեր ձմեռանոցի տավարածները, իսկ որսկան Մուկուչը լուռ ծխում էր՝ խորամանկ ժպիտը աչքերի մեջ։ Լռեց, լռեց, վերջում չիբուխից մի թանձր ծուխ արձակեց և դանդաղ ու հեղինակավոր ասաց իր կարծիքը.

–Ամեն կենդանի էլ ջիգյար ունի, անջիգյար շնչավոր չկա աշխարհքում։ Չասես թե անլեզու է, բան չի հասկանում։ Անլեզու է, բայց մայր ասածդ էն տեսակ փափուկ սիրտ ունի, որ դարդից իրեն քարափից վեր կգցի։ Մոր սիրտը մեկ է, կուզե մարդ լինի, կուզե կենդանի։ Մոր աչքը հանի՛ր, ճակատին կրակի՛ր, միայն թե նրա ջիգյարին ձեռք մի տալ, նրա ճուտին ձեռք մի տալ... Ես որսկան Մուկուչը չլինեմ, թե արջը թողնի, որ մարսեք ձեր անխիղճ արարմունքը...

4

Աիը սրտներումս՝ անտառի խորքում ընկած գերաններից տաշտ ու թիակներ էինք շինում:

Այդ ձմեռ Սիմոնի հովվության ժամկետը լրանում էր: Ուզում էր նոքարությունից դուրս գար ու իր համար մի փոքրիկ օջախ հիմներ... Մենք էլ հա՛մ տավար էինք պահում, հա՛մ տաշտ ու թիակ շինում, որ տանենք Սևանի ծառազուրկ շրջաններում հացի հետ փոխենք ու դրանով մի փոքրիկ տնտեսություն կազմենք իմ ընկեր Սիմոնի համար:

Այնպիսի արևոտ աշուն էր, խաշամն այնպես էր խշխշում մեր ոտքերի տակ, զկեռն ու սալորն այնպես էին քաղցր մտիկ անում ծառերի վրայից, որ մարդու խելք էր գնում: Դե, մեր Դիլիջանի աշունն էլ հո գիտեք: Անտառը հո անտառ չի, հեքիաթներում ասած «գյուլլի բաղ» է:

Ասում էի.

–Սիմո՛ն, սա հո աշունք չի, աղքատի ամառ է սկսվել: Երկինքը սկսել է աղքատ մարդկանց վրա քաղցր աչքով մտիկ անել: Բանի եղանակը լավ է, ջալդ անենք, մի սել տաշտ ու թի շինենք, տանենք կռոյի երկիրը:

Ասում էր.

–Շինե՛նք, բա բաներս ինչ է, որ չշինենք...

Եվ Սիմոնը տաշում էր ամբողջ օրը առանց հանգստանալու, քրտինքի մեջ կորած՝ քթի տակ մի քաղցր բայաթի երգելով:

Այդ տաշտերի հետ ո՛չ միայն կապված էր նրա ապրուստը, այլև սերը, աչք ուներ Մաղոնց Թունիի աղջկա վրա:

–Կարկատան ենք, հո մարդ չենք,— ասում էր նա դառնացած, նայելով իր հնամաշ արխալուղին:—Քե՛զ եմ ասում, բա մեզ աղջի՞կ կառնի... Հիմի էլ ես եմ աղջիկը, Աթոյի տղին թողած, նրա ջլթոտ նոքարին կառնե՞մ...

Եվ տնքում էր հոգեկան ցավից իմ ընկեր Սիմոնը, ավելի

արագ էր խփում գերանին, տաշեղները թռցնում չորս կողմ ու իրեն-իրեն զանգատվում.

–Մեջքդ կոտրի, բախտ փայ անո՛ղ... Մեջքդ կոտրի, քյասիբի աստո՛ծ...

Ես սիրտ էի տալիս, թե՝ լավ կլինի, աշխարհքը կփոխվի: Եվ նա սիրտ էր առնում, մանավանդ, երբ տեսնում էր, որ բարձրանում է կոկիկ տաշտերի ու թիակների կույտը: Սիմոնը նրանց մեջ տեսնում էր և՛ ձմեռվա հացը, և՛ իր նշանի սիրուն արխալուղը, և՛ իր նշանածի նախշուն շորերը...

Արևը մայր էր մտել, երբ թեղի փայտից մի մեծ տաշտ վերջացրի և Սիմոնին հանձնելով, ասացի.

–Իմ կողմից քեզ նվեր... Թունիի աղջիկը միջին լվացք կանի...

Կարմրեց և, ինչպես երևում էր, ուրախացավ:

Տաշտերն ու թիերը ծածկեցինք խաշամով, նախիրը հավաքեցինք և ուրախ շվշվոցով գնացինք ձմեռանոց:

5

Թունիի աղջիկ Անահիտը աղջիկ հո չէր, շիմշատ մարալի պես մի արարած էր, նրա պես սիրուն, նրա պես խրտնած ու վախկոտ: Վարդավառի տոնին, երբ նա մեր սարը հյուր եկավ, իմ ընկեր Սիմոնին թվաց, թե մերկ քարափներն էլ ալ ու ալվան ծաղիկներով զարդարվեցին: Խեղճը մինչևականջները սիրահարված էր այդ աղջկան, մղկտում-վառվում էր նրա համար, բայց հույս չուներ, քանի որ ուներ այն ժամանակվա աշխարհում ամենամեծ պակասությունը՝ չքավոր էր....

Ամեն իրիկուն արխաջի մոտ նստում էր Սիմոնն ու իր սրինգով լացացնում սարվոր կանանց: Ես մանուկ հասակից նրա ընկերն էի ու նրա սերն իմ վիշտն էր դարձել, մաշում էր: Շատ համոզեցի, որ ետ կանգնի իր խելագար սիրուց: Ասացի.

«Սիմո՛ն, դա գլուխ գալու բան չի, ձեռ քաշիր»: Աչքերը լցվեցին, սիրտը կոտրված պատասխանեց.

–Ես էլ գիտեմ, որ կորած եմ, բայց դե չի լինում, սրտիցս դուրս չի գալիս... Ա՛ռ, խանչալի ծերով հանիր, ուրիշ կերպ դուրս չի գա...

Ասաց ու դաշույնը մեկնեց ինձ:

Մեղքս եկավ, բայց սիրտ չէի տալիս, օր-օրի աշխատում էի սառեցնել իր սիրուց: Գիտեի, որ Թունին որոշել է իր աղջկան անտառապահ Արտեմի տղին տալ, քանի որ այն ժամանակ անտառապահին առաջին մարդն էր համարվում մեր կողմերում:

Մի օր սարում, երբ Անահիտը իջավ ձորը ծաղիկ քաղելու, առաջը կտրեցի:

Խրտնեց, ուզում էր փախչի, ասացի.

–Անահի՛տ, ես քեզ իմ քույրն եմ հաշվում, ինձնից չվախենաս... Ա՛յ աղջի, ասացի, քեզ շատ եմ սիրում, բայց իմ ընկեր Սիմոնին քեզնից էլ, աշխարհքից էլ ավելի եմ սիրում... Ինչի՞ ես մղկտացնում էն տղին, այ աղջի, մեղք չի՞ էն եթիմը...

Վախն անցավ, գույնը տեղն եկավ:

–Նրան ո՞վ է ասում, որ մղկտա... Իսկի էլ թող չմղկտա ուրիշի համար,— ասում է ու ծիծաղում:

–Ախր ո՞նց չմղկտա, դու դն ես, հո աղջիկ չես, քեզ տեսնողը բա քուն ու դադար կունենա՞...

–Դե, դե, շաշ-շաշ խոսալ մի,— չարացավ նա:

Ծիծաղեցի: Ասի.

–Ես հո Սիմոնի տեղակ եմ ասում, նրա՛ սրտիցն եմ խոսում... Անահիտ ջան, արի կլինի խիղճ ունեցիր, Սիմոնին խոսք տուր... Ճիշտ է, աղքատ է, համա ոսկի սիրտ ունի, մեր կողմերում նրա պես տղա քիչ կա, դու նրա աղքատությանը մտիկ մի անի:

Անահիտը լռջացավ, շփոթվեց ու լռեց:

–Ես գիտեմ,— ասաց նա կամաց, աչքերը խոնարհած,— գիտեմ նրա սիրտը... Թող մի քիչ իրեն կարգի բերի, տուն-տեղ դառնա, որ իմ հերը...

Այդ խոսքի վրա խիստ կարմրեց, շփոթվեց ու կխտարի նման վազեց-փախավ դեպի վրանները:

Միրտս թնդաց ուրախությունից՝ կարծես այդ հուրի-փերի աղջիկն ի՛նձ խոսք տվեց: Վազեցի բարձրացա դիմացի սարի գլուխն ու ձորերը դմբդմբացրի.

–Սիմոն, հե՜յ... Սիմո՜ն... Ոչխարը դեսը թեքիր՝ քեզ համար լավ լուր եմ բերո՜ւմ... Գառը մորթի՝ ուրախ լուր եմ բերում, հե՜յ...

Գառան մասին ասածս կատակ էր, բայց մինչև տեղ հասա, Սիմոնն արդեն գառը մորթել էր ու չոքած կրակ էր անում: Երևի սիրտը վկայել էր, թե ինչ մեծ աչքալուսանք եմ բերում իրեն:

–Այ տղա, ինչի՞ մորթեցիր,— հարցնում եմ նեղացած: Ժպտում է:

–Բա իմ ախպեր տղի սիրտը գառան միս ուզի, ու ես չմորթե՞մ...

Նստեցինք կանաչի վրա, խորոված կերանք ու հետն էլ զրույց ենք անում:

–Էն ի՞նչ աչքալուսանք էր... Ի՞նչ էր պատահել,— զգուշությամբ հարցրեց Սիմոնը:

–Անահիտից խոսք եմ առել... երևում է, որ նա էլ քեզ է հավանում...

Այնպես ալեկոծվեց այդ խոսքից, աչքերն այնպես լցվեցին, որ խղճալուց քիչ մնաց լացս գար:

Պատմեցի իմ զրույցն Անահիտի հետ, շատ ուրախացավ: Բայց իր մեջ ցույց չէր տալիս:

Եվ երբ աշնանամտին իջանք ձմեռանոցն ու սկսեցինք տաշտերը շինել, Անահիտի մորաքույր Աշխենը գաղտնի լուր ուղարկեց Սիմոնին, թե՝ «Ղոչաղ աշխատիր, կարգին շորեր առ քեզ համար, հագիր ու արի ինձ մոտ՝ բան ունեմ ասելու...»:

Ահա թե ինչպիսի բախտավորություն պիտի բերեին Սիմոնին մեր շինած տաշտերը:

6

Անտառապահ Արտեմի տղա Ռուբենը ձմեռանոց եկավ սև ձին հեծած, «այնալու» հրացանը վիզը գցած, արծաթապատ դաշույնը արծաթե գոտուց կախած: Ձին քշեց ուղիղ անտառի խորքը, զտավ մեզ և բարևեց:

Աշխատանքը դադարեցրինք, բարևին պատասխանեցինք: Երեսը քոսա, քիթը փոքր, աչքերը մանր, շրթերը սիրուն, մի հպարտ տղա էր Ռուբենը:

Մտրակը խաղացնելով ու ցանցառ բեղերի տակ ծաղրական ժպիտով, ձիու վրայից հարցրեց.

–Լսել եմ հարստանալու պատրաստություն ես տեսնում, Սիմոն, խեր լինի, ի՞նչ ես իմացել...

Սիմոնը հասկացավ, դադվեց:

–Թե որ հարստանա էլ՝ կաշառքով չի հարստանալու,— խայթեցի ես՝ անտառապահ հոր կաշառակերությունը հիշեցնելով: Ռուբենը քմծիծաղ տվեց:

–Թույլտվություն ունե՞ք, որ տաշտ եք շինում,— հարցրեց նա, լուրջ, պաշտոնյայի տոնով:

Սիմոնը արխալուղի գրպանից հանեց Անտառապետությունից գնված տոմսը և մեկնեց.

–Հա՜ա՞...— մռլտաց Ռուբենը՝ կծու ժպտալով,— էդ թուղթը որ կա՝ անպայման կհարստանաք...

Ու ձիու գլուխը շուռ տվեց-գնաց:

Մյուս օրը եկանք և ի՞նչ տեսանք՝ մեր շինած տաշտերն ու թիերը ջարդած-թափած, ցրիվ տված: Տասն օրվա մեր աշխատանքը ջուրն էր ընկել: Կարգին ապրելու մեր հույսերը փուլ եկան:

Սիմոնն այնպես լացակումեց, այնպես կուչ եկավ վշտից, որ կարծես իր հարսանիքի հագուստներն էին պատառոտված, ցրիվ տված անտառով մեկ:

–Աղքատի ա՛ստոծ, ես քո էն էն, էն էն էն...— մռնչում էր Սիմոնը:— Աղա սո՛ւտ է, սո՛ւտ: Արդարություն էլ չկա, աստոծ էլ: Աստոծը նրա՛նց համար է, աստոծը միշտ եղը դմակին է քսում: Գելն եկավ՝ վայ մեկի տիրոջը, ցավն ու չոռը եկավ՝ վայ մեկի տիրոջը, կարկուտն եկավ՝ վայ մի կտոր արտի տիրոջը… սուտ է, սո՛ւտ…

Սիմոնին մի կերպ հանգստացրի:

–Տարի աշունք է, այ տնաշեն, մեր կոներում էլ ուժ կա, էլի՛ կշինենք, ինչ ես մտածում:

Կոտրված սրտով նորից գործի կպանք:

Այդ օրը երկու տաշտ և վեց թի շինեցինք:

Մյուս օրը եկանք, տեսանք բոլորը ջարդած, թափած: «Նահլաթ քեզ, չար սատանա: Այ տղա, էս ո՞վ է մեզ թշնամություն անում…»:

Մտածում ենք, մտածում ու չենք գտնում:

Տեղներս փոխեցինք: Ծմակի մյուս երեսին, մի խուլ ձորում նորից տաշտեր շինեցինք և թաքցրինք թափված տերևի շեղջի տակ:

Մյուս օրը եկանք՝ անվնաս են մնացել: Ազատ շունչ քաշեցինք:

Անցավ հինգ օր: Տաշտերն ու թիակները կոկիկ-կոկիկ նորից դարսվեցին իրար վրա:

Վեցերորդ օրը Սիմոնը թե՝

–Ա՛յ տղա, էլի մի փորձանք կգա, սելին բարձենք գյուղ տանենք:

Համաձայնեցի: Արևը դեռ դուրս չէր եկել, երբ սայլը կանգ առավ անտառի խորքի մեր «արհեստանոցի» մոտ: Սարսափով տեսանք, որ տաշտերը ջարդոտված, ցրիվ են տրված անտառով մեկ: Սայլը թողեցինք այդտեղ, եզներն արձակեցինք ու սևակնած սրտով վերադարձանք ձմեռանոց:

Այդ դեպքերը ձմեռանոցում ասելիք էին դարձել:

–Կա-չկա, դա Արտեմի տղի արածն է. իրիկունը ձին նստած զնում էր էդ կողմերի վրա,— ասաց Ենոքը:

Սիմոնը գույնը գցեց, զայրույթից շրթունքները կապտել-դողդողում էին:

Ենոքի այդ խոսքը զնդակի նման ծակեց սիրտս, ուրեմն անտառապահի տղան թշնամությո՞ւն է անում: Լա՛վ, որ այդպես է, տեսնենք ո՞ւմ մերը լաց կլինի... Էլ ո՞ւր եմ ապրում, որ իմ ազիզ ախպերը պետք է մղկտա, այդ հարուստի երես առած լակոտի ձեռից։

Ու մտքովս ի՛նչ մեղավոր բան ասես, որ չի անցնում... Բայց այդ իրիկուն որսկան Մուկուչը համոզված ասաց, որ արջն է ջարդում տաշտերը։

–Բա՞, որ ասում էի չեք մարսի՞... հիմի հավատացի՞ք,— հարցրեց նա խորհրդավոր և տխուր «ախ» քաշեց։ Բանն էն էր, որ անտառապահ Արտեմը նրա հրացանը խլել էր և սպասում էր «փեշքեշի», որ վերադարձնի։ Ծեր որսկանն էլ կողի էր ընկել, թքել էր աշխարհի կեղտոտ օրենքներին ու ձեռք վերցրել հրացանից էլ, որսից էլ։

«Կմեռնեմ, նամարդ մարդու դուռը չեմ գնա»,— ասում էր նա։

–Այ ջահելներ, դուք գնացեք մի քանի տաշտ էլ շինեցեք, զանք տեսնենք, էդ ով է ձեզ թշնամություն անողը,— պատվիրեց նա։ Մուկուչ պապը չգիտեր Սիմոնի սիրո պատմությունը, չգիտեր, որ գաղտնի կռիվ է գնում Սիմոնի ու անտառապահի տղա Ռուբենի միջև՝ Թունիի աղջկա համար։ Չգիտեր, այդ էր պատճառը, որ միամիտ ենթադրություններ էր անում, թե իբր տաշտերը ջարդողը մայր արջն է։

Ծեր որսկանի պատվերի համաձայն այդ օրը մի քանի տաշտ ու թիակ շինեցինք և կողքին էլ թեժ կրակ արինք։

Երեկոյան դեմ որսկանն եկավ կացինն ուսին, դաշույնը գոտուց կախ։

–Ծառը բարձրացեք ու ձեն-ձուն չհանեք,— կարգադրեց նա։

–Քեռի Մուկուչ, մենք մեր դուշմանը գիտենք, սա արջի արած բանը չի,— առարկեցի ես։

Ծեր որսկանը թավ հոնքերի տակից խեթ-խեթ նայեց ինձ ու բեղերի տակ փնթփնթաց.

–Փի՛ է, էս փսլնքոտի խելքին մտիկ... Ուրեմն ես խոտ եմ ուտո՞ւմ...

Հնազանդվեցինք. դե էն ժամանակ ո՞վ կարող էր մեծի առաջ խոսել...

Խարույկից քիչ հեռու տերևները դեռևս չթափած մի փոմփոխ կաղնու ծառ կար: Բարձրացանք ու թաքնվեցինք այնպես, որ ներքևից բոլորովին չէինք երևում:

...Մթնեց: Անտառի խորքում մի թռչուն սկսեց տխուր կանչել: Ներքևից վշվշացող առվի ձայնն էր լսվում, մեկ էլ կրակն էր ճարճատում ու իր շողքերը խաղացնում մթին անտառում:

Այնքան մնացինք, որ խարույկն իջավ, արդեն կեսգիշեր էր: Մեկ էլ վերևից խշխշոց լսեցինք: Ծառերի տակ թափթփված չոր ճյուղերը ինչ-որ ծանր բանից ճարճատելով փշրվում էին: Եկողն անասուն է, հետաքրքիր է՝ ա՞րջ է, թե Արտեմի տղեն է՝ ձին տակին: Երնի հենց նա լինի: «Նամա՛րդ, նամարդ սրիկա...»: Արյունս եռում է, բարկությունից արյունս քունքերիս է խփում, քիչ է մնում ինձ ներքև շպրտեմ ու կտոր-կտոր անեմ իմ ընկերոջ դուշմանին: Իսկ նա մեզանից անտեղյակ գալիս է առանց կանգ առնելու:

Եկավ, մոտեցավ՝ մայր արջն է, արջ մի ասի՝ մի դեզ ասա: Եկավ կանգնեց, խոժոռ հայացքով նայեց կրակին ու խո՛ւլ բվվացրեց, կարծես ձայնը յոթ սարի հետևից էր գալիս: Շուրջը նայեց, թաթերով շոշափեց կուտակված խաշամը, գտավ տաշտերն ու վրդովված փնչացրեց, իրար խփեց, ջարդեց: Առաջի թաթերով վերցնում էր թիակները և հետևի ոտքերին կանգնած՝ խփում էր ծառի բնին՝ փշրում: Վերջում մի տաշտ վերցրեց ու ինչքան ուժ ուներ շպրտեց ձորը: Հետն էլ տնքում էր, վրչում, կարծես դաղված սիրտը հովացնում էր: Մի թիակ էլ վերցրեց, կոթից բռնեց ու սկսեց խփել սայլի ակներին:

Բոլորը ջարդելուց-ցրելուց հետո էլի սիրտը չհովացավ: Մռթմռթալով առաջ գնաց, բռնեց սայլի գլխից և ետ-ետ իրելով կանգնեցրեց կրակի վրա:

Մինչ այդ շունչներս պահած նայում էինք, բայց հենց որ

տեսանք սայլն սկսում է վառվել, ծառի վրայից աղմուկ բարձրացրինք:

–Հե՜յ, հե՜յ, անտեր, ի՞նչ ես անում...

Մեր ձայնից նա պետք է որ փախչեր-հեռանար. միայն վիրավոր արջն է, որ հարձակվում է իրեն հարվածողի վրա: Բայց այս արջը փախչելու փորձ չարավ: Մեր ձայնը լսելուն պես գոռաց, առաջ եկավ ու գրկեց այն ծառը, որի վրա թաքնված էինք մենք: Նրա այդ արարքից մենք մնացինք ապշած, մոռացել էինք, որ նա էլ էր վիրավոր, էն էլ՝ սրտից...

Վերև հառած նրա աչքերի մեջ վրեժի կրակ էր վառվում, և նրա ցավոտ հայացքից մենք փշաքաղվեցինք:

Ճանաչե՞լ էր նա արդյոք մեզ՝ իր ձագը սպանողներիս, թե՞ զավակը կորցնելուց հետո բոլոր մարդիկ էլ ատելի էին նրան, դժվար էր հասկանալ: Մի բան պարզ էր, որ չի մոռացել իր ձագի մահը և որոշել է վրեժ հանել մարդ արարածից:

«Ո՜նց թե էս անտերը մեր բուրդը քամուն է տալո՞ւ»,— ճղների մեջ թաքնված մտածում էի ես ու զընգր-զընգր դողացնում:

Արջը թափահարեց ծառը, ուսը դեմ արավ, որ շուռ տա՝ ուժը չպատեց: Ապա չորս ոտը պատ տվեց ու սկսեց մագլցել դեպի վեր:

–Մուկուչ քեռի, մեզ կուտի, ինչ անենք,— հարցրեց Սիմոնը ահով:

–Ղալմաղալ մի՛ք անի,— սաստեց որսկանը դաշույնը հանելով:—Կացինները պատրաստ պահեցեք:

Գազանը փնչացնելով, բերանից փրփուր թափելով, վեր բարձրացավ ու հասավ մեզ: Ծեր որսորդը կացինը վրա բերեց ու կտրեց նրա թաթը: Արջն այնպես գոռաց, որ ծառը դողաց, բայց ցած չիջավ, ինչպես երևում էր, որոշել էր կամ մեռնել, կամ իր քոթոթի վրեժն առնել:

Եվ մենք հանգցրինք այդ կենդանուն այրող կրակը, կացիններով սպանեցինք նրան ու ծառից ցած գլորեցինք...

Այդպես, այդ անլեզու մայրը զոհ գնաց՝ իր քոթոթի կարոտն ու վրեժը փոթորկվող սրտում...

Ծանր ազդեց այդ դեպքն ինձ վրա: Ու դրանից հետո թեև որսորդությամբ եմ պարապում, բայց ինչքան արջի, այծյամի կամ այլ կենդանու ձուտի եմ պատահել, ոչ մեկի մազին էլ չեմ կպել:

Հիմի ընթերցողը կհարցնի. «Վերջը Սիմոնի հարսանիքը գլուխ եկա՞վ, թե ոչ...»:

–Չէ՛, գլուխ չեկավ: Խեղճ Սիմոնը այդ տարի էլ մնաց կարկատած արխալուղով ու չկարողացավ գնալ Անահիտի մորաքրոջ մոտ: Ի՞նչ երեսով գնար, էլի հովիվ էր մնացել Աթոյի տանը...

Մահակն ուսին, հնամաշ շորերը հագին, գզգզված փափախը գլխին, սիրտը կրակով լիքը, հանդերն ընկած տխուր երգեր էր ասում իմ ընկեր Սիմոնը ու մղկտում իր կորած սիրո համար:

Ուշ աշնանը լուր եկավ, որ Անահիտին տալիս են անտառապահ Արտեմի տղին:

Հարսանիքի օրը Սիմոնը կորավ: Շատ ման եկա, իրիկունը գտա Ջուխտ վանքերի ձորում: Բերանի վրա պառկել էր, երեսը թաղել խաշամի մեջ ու լաց էր լինում, այնպես էր լաց լինում, որ կարծես սիրտը կտոր-կտոր էր լինում...

Այդպիսի տխուր վախճան ունեցավ իմ ընկեր Սիմոնի սերը:

Մեկ-մեկ մտածում էի, թե՝ որ Սիմոնը արջի ձուտին չսպաներ, գուցե նրա կյանքն ուրիշ ընթացք ունենար: Մեկ էլ ասում էի՝ միևնույն է, անտառապահի տղա Ռուբենն իր ուժով ու հարստությամբ կխլեր նրանից իր սիրածը, աշխարհը նրա՛ կողմն էր, աշխարհի կեղտոտ օրենքները նրա՛ օգտին էին գրված...

Հարուստներից դաղված, սիրտը դառնություններով լիքը, Սիմոնը սար բարձրացավ և միացավ պարտիզաններին: Գնաց Ղազախի ապստամբ գյուղացիների հետ պատսպարվեց լեռների ծերպերում, մթին քարանձավներում ու այնտեղից կռիվ մղեց բռնակալ կարգերի դեմ...

Այդ օրերից շատ տարիներ են անց կացել: Անահիտը հիմի թոռներ ունի, բայց նրա մորաքույր Աշխենն ասում է՝ չի մոռանում իր առաջին սերը:

Սիմոնն էլ է ապրում, նա հիմա անվանի մարդ է մեր գյուղում, բոլորն էլ հարգում են նրան: Իր ամբողջ կյանքում նա հավատարիմ մնաց իր անդրանիկ սիրուն և չամուսնացավ:

Ասում են այժմ էլ, ամեն աշնան տերևաթափին Սիմոնը գնում է Ջուխտ վանքերի ձորը, երեսը թաղում է թափված տերևների կույտի մեջ ու լաց լինում, արցունք թափում իր փշուր-փշուր եղած սիրո համար...

1934-40

ԾԱՆՐ ՁՄԵՌ

1

Ձմեռանոցը, ուր պահում էինք մեր անասունները, թաղվել էր ձյան հաստ շերտի տակ: Ծառերի ճյուղերը խոնարհվել էին ձյան ծանրությունից, իսկ լեռնային գետակը հազիվ լսելի ձայնով խշշում էր սառույցի տակ:

Տարբեր կենցաղով ապրած մարդկանց վրա ձմեռը տարբեր ազդեցություն է ունենում: Ես այժմ ամեն աշնան ականատես եմ լինում երեխաների բերկրանքին, երբ տեղում է առաջին ձյունը: Քաղաքում ապրող մարդը հիացմունքով է նայում ձյան անթիվ-անհամար փաթիլներին, որոնք էլեկտրական լույսով ողողված օդում պտույտներ են գործում ճերմակ թիթեռների պես, իջնում մայթերին, էլեկտրաքարշի վագոնների վրա, ամենուր:

Սակայն մեզ՝ տափարածներիս, ձմեռը բերկրանք չէր բերում: Կարիքի տակ կուչ եկած՝ մենք չէինք զգում ձմռան հմայքը: Մեր փարթամ անտառները, մեր ծաղկոտ մարգագետիններն ու քչքչան վտակները թաղվում էին սառը վերմակի տակ, իսկ կարիքը չոքում էր դռանը: Լավ է ասել իր մանկությունը մեր լեռներում անցկացրած բանաստեղծը.

Ո՞ւր կորան, ո՞ւր...
Տերն ու խոտ,
Վարդը շաղոտ,
Սարվորն ուրախ,
Սրինգ ու խաղ,
Ո՞ւր կորան, ո՞ւր...

Ձնագնդին, լախտին, աթուրման, խարույկներն անտառում, սրինգն ու պարը բուխարիկի առաջ՝ ձմռան երեկոյին,— այս բոլորը, որ մենք ապրում էինք շատ թե քիչ հաջող ձմեռները, այդ ձմռանը չքացել էին: Եղբայրասպան պատերազմները դեռ չէին վերջացել: Մեկի որդին էր սպանվել, մյուսի եղբայրն էր հաշմանդամ ընկած տանը: Զզվել էինք հողից էլ, ցանքից էլ: Եղածն էլ մաուզերիստներն էին տանում բռնությամբ: Հազար ու մի տանջանքով սարերից բերած մեր խոտը տրորում ու միջին տրտինգ էին տալիս խմբապետ Սեպուհի ձիերը:

Եվ մենք ահով ու թախիծով տեսնում էինք, թե ինչպես հետզհետե մարում էր փայլը մեր անասունների աչքերում, օր-օրի չքանում էր նրանց մարմնի կլորությունը, ոսկորները դուրս էին ցցվում, խամրում էին մազերը:

Ջահել երինջներն ու արջառները ջուրը տանելիս այլևս

չէին խաղում, և ցուլն այլևս գետինը չէր քանդում ու չէր գոռում...

2

Մեր ձմեռանոցի ամենից փորձված տավարածը Մելոնց Ամին էր: Այդ ձմեռ նրա երեսին մենք ժպիտ չտեսանք:

Հաճախ, խրճիթում նստած ժամանակ, լսում էի նրա ձայնը.

–Էհե՜յ, Ստեփանի տղա:

–Ի՞նչ է, ամի՜:

–Մի դեսն արի:

Գնում էի ցած: Գոմաղբի կույտի վրա կանգնած՝ ճիպոտի ծայրով քրքրում էր: Գիտեի, թե ինչ է ասելու, այդ կույտը մերն էր: Ամեն առավոտ ես տաշտակը սղղացրել էի սառույցի վրայով և գոմաղբը տարել-թափել էի այնտեղ:

–Էս ի՞նչ է:

–Ի՞նչը, ամի՜:

–Ջահրումարը: Բա իսկի տարուն չես մտիկ անո՞ւմ:

Եվ ճիպոտի ծայրով ցույց էր տալիս խոտի շյուղերը:

–Հիմի ամեն մի ծեղը մի ոսկի է, ամեն մի ծեղը մի անասունի կյանք: Հլա գարունքն ո՜ւր է...

Ես մեղապարտի նման գլուխս կախում էի: Իսկապես, ոչ մի «ծեղ» չէր կարելի կորցնել, չէ՞ որ դեռ հունվարն էր, իսկ մեր ցանկապատում մի բլրակ խոտ էր մնացել:

Փետրվարին մեր անասունների կերը բոլորովին վերջացավ: Վերջացավ նաև հորեղբորս տղայի՝ Հայկի խոտը: Այդ ձմեռ ես նրա հետ մի խրճիթում էի ապրում: Ջորանոցում նա տիֆ էր ընկել և առողջանալուց հետո զրեթե կորցրել լսելու կարողությունը:

Ամեն առավոտ, երբ գոմի դուռը բաց էի անում ու տեսնում, թե ինչպես են ինձ ուղղված կենդանիների աղերսալի հայացքները, սիրտս մղկտում էր: Հայհոյում էի մեր խոտը տանող թալանչիներին և գոմից դուրս էի գալիս լցված աչքերով:

Հարկավոր էր միջոց գտնել անասունները փրկելու համար:

Մի երեկո Հայկի ականջին զոռացի.

–Էգուց գնանք բուրջ[1] անենք:

–Ձինը խորն է, տավարին հալ չի մնացել, տեղ չեն հասնի,— առարկեց նա:

–Կտանենք Կաղնուտը, էնտեղ ձինը բարակ է:

Համաձայնեց: Մյուս օրը լեռան արևկող լանջի կաղնուտում անասունները ձյան մեջ կանգնած, դունչները վեր ցցած, նայում էին ծառերի ճյուղերին, որոնց վրա բողբոջներն արդեն սկսել էին ուռչել՝ ավետելով գարնան մոտիկությունը: Ամեն մեկս մի ծառի տակ մտած՝ թրխկ հա թրխկ կտրում էինք:

Հենց որ հսկա կաղնին ճռնչալով վայր էր ընկնում, և իր տակ ջարդում-խորտակում իրենից փոքր ծառերն ու թփերը, քաղցած կենդանիները վրա էին հասնում, ագահությամբ խժռում նրա դալար ոստերը:

Այդ օրվանից սկսած մեր ձմեռանոցի անասունները բողբոջով էին ապրում:

Խառը տարիներ էին, տեր չկար մեր բնությանը: Անխնա կտրվում էր անտառը, փչանում էր ժողովրդի այդ հարստությունը. բայց դարձյալ անասունները նիհարում ու կոտորվում էին. դե բողբոջը հո խոտին չէ՞ր փոխարինելու:

Գետի ձորը դարձել էր անասունների գերեզմանոց...

Մարտի սկզբներին մեր Մաշկա կովն էլ նստեց ու այլևս վեր չկացավ: Դա մեր անասունների մայրն էր, մեր բոլորի սիրելին, մեր ընտանիքի հույսը: Ցեղական, խոշոր, ճերմակ մազերով և գեղեցիկ եղջյուրներով մի կենդանի էր նա:

Ես շատ էի պարտական մեր Մաշկային: Այդ այն տարին էր, երբ մենք գարու հացը երազում էինք տեսնում: Եվ

---

[1] Բուրջ անել - ծառի բողբոջներով կերակրել անասուններին:

գարնանից մինչև օգոստոս, մինչև նոր հացի դուրս գալը, ես Մաշկայի կաթով էի ապրել, ու զարմանալի չէ, որ առանձին քնքշանք ունեի դեպի այդ կենդանին, որին պահել, խնամել էի՝ սկսած մանկությունից:

Այդ առավոտ ես ու Հայկը լինգ գցեցինք Մաշկայի տակ և մի կերպ վեր քաշեցինք նրան: Կեսօրին կովը նորից նստեց, և երբ գոմը մտա, թախծոտ ու շաղված հայացքով նայեց ինձ: Հասկացա, որ այլևս հույս չկա: Փրկությունը խոտի մեջ էր: Ի՞նչ անեի, խոտ որտեղի՞ց գտնեի:

Միայն մի հույս կար. մեր լեռնային խոտհարքում աշնանը ես մի բլրակ խոտ էի թողել ձյան տակ՝ այն մտադրությամբ, որ նրանով գարնանը վար անենք: Այդպես, իրենց խոտի մի մասը սարում էին թողել նաև Հայկն ու մեր մյուս հարևանները:

Բայց էլ սպասելու տեղը չէր:

–Թքած վարի վրա էլ, աշխարհիքի վրա էլ,— վճռեցինք մենք ու որոշեցինք գարնանացանի համար պահած խոտը սարից բերել:

3

Հաջորդ օրը բուք էր, անհնարին էր սար բարձրանալ: Ես անասունները տարա անտառ՝ բողբոջ ուտեցնելու, իսկ Հայկը հրացանը վերցրեց և իջավ Ջուխտակ վանքերի ձորը:

–Ցամաք կոտորվեցինք, ուրիշ բան որ չլինի, հո՞ նապաստակ կբերեմ,— ասաց նա ինքնավստահ:

Քիչ անց Վանքերի ձորից թնդյուն լսվեց: Երբ հրացանը երկրորդ անգամ որոտաց, ես անասունները թողեցի ու վազեցի այն կողմ: Դեպի վանքերը տանող լանջով սայթաքելով գնում էի, մեկ էլ տեսնեմ Հայկը գալիս է՝ մի աhագին գայլ ձյան վրա քարշ տալով: Եկավ, երջանիկ ժպտաց ու հարցրեց.

–Ո՞նց է, էս տղեն կարողանո՞ւմ է սպանել, թե՞ չէ: Գովեցի, իրոք հաջող որս էր:

–Ո՞նց պատահեց, ո՞նց խփեցիր,— հարցրի ես՝ հետաքրքրությունից եփվելով:

–Ո՞նց, տղի պե՛ս...

Նստեց կոճղին, ծխախոտ փաթաթեց ու հետո էլ սկսեց պատմել:

–Հենց որ դուրս եկա վանքերի վրա՝ տեսնեմ դիմացիս դոշին երկու գել գնում են իրար հետևից: Մաղնանց չոբանը սուրուն էդ կողմի վրա էր տարել, երևի գնում էին նրա ոչխարներից անուշ անեն: Գելերին որ տեսա, նստեցի ձնի վրա ու շվացրի: Որ շվացրի, կանգնեցին: Ետ մտիկ անելու համար մեծ գելն ամբողջ մարմնով շուռ եկավ: Որ շուռ եկավ՝ կրակեցի: Որ կրակեցի, էդ անտերը գոռգոռցը գցեց ու սկսեց քոլոլվել ձնի հետ: Որ գոռգոռաց, էն մեկն իրեն գցեց վանքերի կողմը: Հենց փախչելիս՝ նրա հետևից էլ կրակեցի: Համա բեղերս կկտրեմ, թե որ նրան էլ դիպած չլինի...

Այդ երեկո ձմեռանոցի բնակիչները հավաքվեցին մեր խրճիթը, բուխարին թեժացրինք, ու սկսվեց աշխույժ, հետաքրքիր զրույց որսի մասին:

Հայկը գազանին կախել էր սյունից ու տիկ էր հանում: Երբ նա գայլի ամբողջ մարմինը բերանովը հանեց և աղ ու շիբ արավ, որ մորթին չփչանա, Մելոնց Ամին ասաց.

–Չէ, երևում է, որ կարգին որսկան ես եղել:

Հայկը հասկացավ, որ խոսքն իր մասին է, ականջը դեմ արավ. Ամին նրա շատ թե քիչ լսող ականջում բարձր ձայնով կրկնեց իր գովասանքը: Հայկը շիկնեց, ապա մռայլվեց ու խոր հոգոց հանեց.

–Էս ի՞նչ որս է որ: Դեռ տասնվեց տարեկան էի, որ իմ գնդակից պախրեն էլ չէր պրծնում: Ի՛նչ թողեցին առաջվա Հայկից...

Եվ նրա խաժ աչքերում մենք արցունք նկատեցինք ու զգացվեցինք: Իմ հիշողության մեջ վերակենդանացավ մեր Հայկը: Գյուղի գեղեցիկ ու կտրիճ երիտասարդներից էր: Միշտ քաջ, միշտ ազնիվ ու շիտակ: Տմարդին այնպիսի լավություն կաներ, որ նա մինչև իր սրտի խորքը կզղջար իր անազնիվ արարքը:

Այդ երեկո այդ կարգի մի պատմություն արավ մեզ:

–Սրանից տասնհինգ տարի առաջ,— սկսեց նա,— որսկան Շաքարը, Ղազարանց Սամսոնը, մեկ էլ կարծեմ Ասատուրանց Քոքորը գնում էին որսի: Խնդրեցի, որ ինձ էլ հետները վերցնեն: Էն ժամանակ ես տասնվեց տարեկան էի, համա զենքի հետ էնպես էի մերվել, որ ծոցս դրած էի քնում:

–Ա՛յ պուճուր, քո բանը չի, զամբի[2] տակով կլինես,— ասաց Շաքար ամին, բայց էլի մեղքը եկա, ինձ վերցրեց հետը:

Էդպես չորսով բարձրացանք մեր Խալ-խալլու սարը: Մեր դիմաց Լոռին էր, իսկ հետևը՝ Դիլիջանի ձորը:

Սարում պախրաներ պատահեցին, սպանեցինք ու մոտեցանք Լոռու Ահնիզոր գյուղին: Ինձ ուղարկեցին գյուղը, էշեր բերելու, որ պախրաների միսը բարձենք, տուն տանենք: Գյուղամիջին ասացին, թե՝ Անդոնը կտա, էշեր նա՛ ունի: Անդոնը հայտնի մարդ էր Լոռու ձորում: Մոտեցա դրա դռանը, տեսնեմ՝ մի թեժ կրակ են արել, խոզ են խանձում: Համա հենց սովել եմ, որ ծնկներս ծալվում են: Կրակի վրա կարմրած խոզի տեսքից քիչ էր մնում ուշքս գնա: Մոտ գնացի, պատմեցի մեր որսի մասին, էշ խնդրեցի: Բանի տեղ չդրեց: Ասում է՝ ես էշ չեմ պահել, որ սրան-նրան տամ... Ասում է ու գլուխն էլ չի վեր քաշում, թե տեսնի ո՞վ է հետը խոսողը:

Իսկի չասեց էլ, թե՝ սարից ես եկել, նստիր, մի կտոր հաց կեր:

Աչքս խանձած-կարմրացրած խոզի վրա մնաց:

Էդ օրվանից տասը տարի անց կացավ: Համա սրտումս վրեժն անթեղած էր, ուզում էի էդ Անդոնին պատահեմ ու լա՛վ պատահեմ: Միշտ հարցուփորձ էի անում, ասում էին՝ Անդոնը կա ու էլի Լոռու ձորերում մեծ պատիվ ունի: Համա դե իմ աչքին նա ի՛նչ մարդ էր որ...

---

[2]Զամբ - Ձյան հյուս:

Հազար ու մի մեղավոր բաներ եմ մտածում: Միտք եմ անում՝ գնամ դրա ոչխարի հոտը քշեմ-բերեմ, որ սիրտս հովանա, մեկ էլ ասում եմ՝ դա ավազակություն կլինի, նրան ուրիշ պատիժ պիտի տալ:

Մի խոսքով, գլուխներդ ինչ ցավացնեմ, Անդոնի էդ մի խոսքը տասը տարի սրտիս մեջ ցցված սուր էր մնացել:

Մի ամառ գնացի սարը: Ոնց որ գիտեք, ահնիզորցիք էլ են ամառները մեր սարը գալիս: Էդ Անդոնն էլ, լսել եմ, որ Մելոնց Արշակին բարեկամ է: Արշակին աղաչանք արի, ասի՝ ախպե՛ր, ծախսը ե՛ս կքաշեմ, լսել եմ, Անդոնը սարումն է, հյուր կանչիր, ծանոթանամ, ասում են՝ շատ իգիթ մարդ է:

Համա դե ոչ ոք չգիտի, թե ինչ մտքով եմ կանչում:

Անդոնին հրավիրեցին: Եկավ: Մեծ խմբով եկավ, փառավոր եկավ:

Սարվորները թամաշի էին դուրս եկել: Ահնիզորցիք ձիերից իջան, դրանց առաք-փառաք տարա իմ օջախը:

Էնպես մի առատություն էր՝ է՛լ սեր, է՛լ դայմախ, է՛լ խմիչքներ, է՛լ թառ ու քյամանչա: Ջահելներն էլ ապրշումե կանաչի վրա լախտի էին խաղում, իսկ մենք համ քեֆ էինք անում, համ նշան խփում:

Մինչև արևի մտնելը քեֆ արինք: Անդոնի բերանը բաց էր մնացել, լացը գալիս էր, էնքան, որ սիրտը փափկել էր: Վերջում բաժակը վերցրեց, առաջարկեց իմ կենացն ու էսպես դիմեց սարվորներին.

–Ա՛յ պողոսքիլիսեցիք, աշխարհից ուրիշ բան չեմ ուզում, մենակ թե Անանանց Հայկը մի օր իմ դռանը ձիուցը վեր գա: Ու էն ժամանակ կտեսնի, թե ահնիզորցի Անդոնն ի՞նչ մարդ է…

Ես էլ չթողեցի, որ շարունակի, սուփրի էն ծերիցը վեր կացա ու բարձր ասացի.

–Քեռի Անդոն, մի անգամ ես քո դռանը վեր եմ եկել… Ասացի ու բեղիս սուսկ կծու քմծիծաղ տվի:

Անդոնը զարմացավ:

–Ե՞րբ, այ տղա:

–Սրանից տասը տարի առաջ...

–Դե լա՛վ, հանաք ես անում...

–Չէ՛, երկինքը վկա, քեռի Անդոն, ես քո դուռը եկել եմ:

Մոլորվեց, երևի մոռացել էր:

–Միտդ չի՞, որ սարիցը բեզարած, սոված եկա. էշ էի ուզում,–թրի նման վրա բերի ես:

Անդոնը գույնը գցեց, մին կարմրեց, մին էլ հենց դեղնեց, ոնց որ էս պատը: Ժողովուրդը շունչը պահեց, իսկ ես հանդարտ շարունակեցի.

–Էն ժամանակ, քեռի Անդո՛ն, հիշում եմ, դու խոզ էիր խորովում, տկով գինին էլ կրակի կողքին մեկնված էր... Աինիզորցի Անդոն (էստեղ ձենս բարձրացրի), իսկի ասացի՛ր, թե՝ ա՛ բալա, սոված կլինես, նստիր, մի կտոր հաց կեր...

Ժողովուրդը քարացավ: Հարվածը էնպես անսպասելի էր, էնպես ծանր, որ բոլորն էլ՝ ծանոթն էլ, անծանոթն էլ ամոթից գլուխները քաշ էին գցել:

Անդոնի ճակատի ու վզի տամարներն էնպես էին ուռել, որ ասում էիր՝ էս մարդը հիմի կտրաքվի: Խեղդվելով միայն մի բան կարողացավ ասել.

–Իմ նամուսը դու գետնովը տվիր, Անանանց Հայկ... Դեռ աhինիզորցի Անդոնի անունը ոչով էսպես ցեխը չէր կոխել...

–Ոչի՛նչ, քեռի Անդոն,— ասացի ես հանգիստ,— քեֆիդ կաց, աշխարիք է, էդպես էլ կպատահի: Մենակ մի խնդիրք ունեմ քեզանից՝ որտեղ քո՛նն ասես՝ էնտեղ էլ ի՛մն ասա...

–Բա՛... նամարդ մարդին, էն էլ հարուստ՝ ամբարտավան մարդին, էդպե՛ս պետք է պատժես,– իր պատմությունը վերջացրեց Հայկը:

Բուխարու առաջ, թաղիքին ծալապատիկ նստոտած, մենք որոշ ժամանակ լուռ մնացինք, ազդված էինք Հայկի պատմությունից:

–Ասում ես պախրա սպանեցի՞ր,— հարցրեց Մելոնց Ամին:

–Հա, չորսը...

–Դե, պատմիր տեսնենք, ձմեռվա տարի գիշեր է, ո՞վ է քնողը...

Ամաչելով ես էլ իմ կողմից խնդրեցի:

Այն ժամանակ ես տասնչորս տարեկան էի, նոր էի սկսել որսորդությունը և հազար ու մի ցնորքներ կային գլխումս որսի հետ կապված:

Հայրս նոր էր եկել գյուղից, մյուս օրը միասին գնալու էինք սարից շալակով խոտ բերելու: Նա գոմից եկավ, ճրագը հանգցրեց ու տխուր նստեց բուխարու առաջ՝ քարի վրա:

Ես հարցական նայեցի:

–Էգուց որ խոտ չհասցնենք, մինչև իրիկուն չի ապրի,— ասաց հայրս տխուր ու սկսեց լցնել իր կավե ծխամորճը:

Խոսքը մեր Մաշկայի մասին էր:

Հետզհետե նրա մտածմունքներն էլ ցրվեցին, քանի որ զրույցը գնում էր իր սիրած նյութի՝ որսորդության շուրջը: Նա էլ քաշվեց խոսակցության մեջ:

–Միտս է, երեխեք էինք,— սկսեց նա,— աշնանամտին կալերում խաղ անելիս ամեն իրիկուն մեր գյուղի դիմացի սարից լսում էինք պախրի գոռոցը: Ձենը դմբդմթալեն գալիս էր գեղը հասնում: Մի օր էլ շատ շոգ էր: Մեկ էլ տեսանք մեծ-մեծ պոզերով մի պախրա ճանճերից նեղացած, իրեն պոզահարելով ու պոչահարելով, արտերի միջով գալիս է: Սրտապատառ փախանք: Դա մեր տան տակով անց կացավ ու գեղի ներքին բոստաններով գնաց, Դիլիջանի գետն անցկացավ: Որսկան Խալաթը չախմախավոր հրացանը վերկալավ, հետնից վազ տվեց: Միտս չի, սպանե՞ց, թե՞ վիրավորեց:

Այսպես խոսք բացվեց եղջերուների մասին, ու մեր Հայկը շարունակեց իր կիսատ թողած պատմությունը:

4

–Դե՛, ոնց որ ասացի,— սկսեց նա,— էն ժամանակ ես

տասնվեց տարեկան էի: Մեր խմբի ղեկավար որսկան Շաքարը ասաց՝ պախրաները հիմա կլինեն Խալ-խալլվի դոշերին, քանի որ սարի էս երեսը արևին է մտիկ անում, տաք է, ձինը հալած կլինի: Թե որ հալած էլ չլինի՝ քամին ձինը սրբում-տանում է լեռնամատներից ու թոփալախոտը բաց անում: Հենց էդ բաց տեղերում պախրաները շարվում են ու արածում:

Դեռ աքլորը չէր կանչել, որ մենք, բաշլղներով գլուխներս փաթաթած, տրեխներիս մեջ տաք բուրդ դրած, դուրս եկանք ձմեռանոցից:

Արևը ծագելիս արդեն սարումն էինք:

Ճիշտն ասած, մեր սարերին որ մտիկ արի, սիրտս լցվեց: Էն ռանգ-ռանգ ծաղիկները, էն փափուկ ատլասի պես կանաչը, մեր շուշանն ու նարգիզը, մեր էն սիրուն ուրթերը կարծես էլ չկային: Ո՛ր կողմը նայում էինք՝ տկլո՛ր, ձյո՛ւն... Ոչ չոբանի ձենն էր գալիս, ո՛չ շների հաչոցը, ո՛չ էլ կովերն էին բառաչում մեր էն սիրուն սարերում: Դրա համար էլ թուրքը քոչելիս, ետ է մտիկ անում, մեկ էլ է նայում իր սիրած սարերին ու դարդոտ ասում.

«Գեթդի գյուլ, գեթդի բլբուլ...[3]»:

Ադրբեջանցի քոչվորները, ոնց որ գիտեք, սարերին ուղղած մի Կոխուր բայաթի ունեն, ուր խոսում են սարի հետ, ծաղկի դետ, դարդ են անում, որ աշունքանում է: Նրանք, ոնց որ գիտեք, լաց լինելով, մնաս բարի են ասում մեր սարերին ու տխուր երգում.

«Էլը քյոչտի արանա, դաղլար գալդի մարալա[4]»:

Ու էդ բայաթին էնպես են ասում, որ մարդի սիրտը կտրատվում է, ոչխարներն էլ են քար կտրած լսում...

---

[3] «Վարդն էլ անցավ, սոխակն էլ...»:

[4] «Սարվորը դաշտ քոչեց, լեռները մնացին եղջերվին»:

Իսկապես որ սարը մնացել էր մարալին, ձմեռը նրանցից բացի ուրիշ շունչ արարած չկար մեր Խալ-խալլվում:

Դեմ էինք առնում ահագին զամբերի: Ներքև ես մտիկ անում՝ անտակ ձոր է: Հրացանի կոթով ոտիդ տեղ ես անում ու գնում, գնում փնչալով, քափ-քրտինքի մեջ կորած:

Շատ չարչարվեցինք, շա՜տ...

Մեր սարի Սառն աղբյուրը հո գիտեք: Հե՛յ գիտի, աշխարի, հա՜... Հո գիտեք, թե նրա կողքին ի՞նչ բռնկուտ, ի՞նչ թավուտ է: Դուրս գալիս, ի՞նչ նարգիզներ են լինում: Ամառը խոտ հնձելիս էնքա՜ն եմ նրա կողքին մածուն կերե՜լ, էնքա՜ն եմ քնել նրա մոտի ծաղիկների մե՜ջ... Հիմի տկլո՜ր, ո՜չ կանաչ, ո՜չ ծաղիկ: Մարդու սիրտը լցվում է, որ Սառն աղբյուրն էդ օրն ընկած է տեսնում...

Աղբյուրի մոտ պճեղների տեղեր կային, կարծես կովեր ու մոզիներ ման եկած լինեին:

Պախրի նախիրը եկել է, ջուր խմել ու անցկացել,— ասաց Շաքար ամին, ու նրա էդ խոսքից մենք ամեն չարչարանք մոռացանք:

Աղբրի մոտ հաց կերանք, մի կուշտ ջուր խմեցինք: Էստեղ Շաքար ամին ջուր խմելուց հետո մի սրտալի «օխայ» արավ, չուխի փեշով բեղերը սրբեց ու ասաց.

–Ջուր հո չի, մեռոն է, մեռո՜ն...

Մենք վեր կացանք ու պախրաների հետքը բռնած՝ գնացինք, ո՜նց ենք գնում...

Խալ-խալլվի գագաթը չհասած, Շաքար ամու կարգադրությամբ իրարից ջոկվեցինք ու ամեն մեկս մի կողմով սկսեցինք սարը բարձրանալ:

Վերջապես ես մենակ դուրս եկա լեռան գլխի «ուրթը[5]»: Մի շատ սիրուն, արևոտ օր էր: Ձյունը պլպլում էր ու էնպես էր աչքերս ծակում, խուտուտ ածում, ոնց որ թե մեկն էդ սարերում անհաշիվ ուլունքներ էր փռել: Մտիկ եմ անում՝ Լոռու աշխարհքը ոնց որ ոտներիս տակ լինի: Դիմացս Լոք,

[5] Ուրթ – սարահարթ:

Լալվար, Լեջան սարերն են: Բարձր ու հպարտ: Հեռվում Թիֆլիսից դենը ընկած լեռներն են: Իսկ շա՜տ հեռու մի սպիտակ կատար էր երևում: Շաքար ամին ասում էր դա Կավկազի ամենամեծ սարերից է, անունն էլ Կազբեկ: Ետ մտիկ արի մեր Ղազախի կողմը՝ ներքևում անտառնե՛ր, ձորե՛ր, մինչև Քուռ գետը երևում է: Հարավի կողմը մտիկ անեմ և ի՞նչ տեսնեմ, որ լավ լինի. Մասիսի ծերը երևում է, սպիտա՜կ, ոնց որ շաքարի գլուխ: Նրանից դեսն էլ մի բան սիրուն կապտին էր տալիս, հետո ռասկւսցա, որ Սևանա ծովն է:

Մի խոսքով, գլուխներդ ի՞նչ ցավացնեմ, էդ բոլորից բարձր կանգնած, Կավկազին եմ մտիկ անում շաղված-տարված ու ինձ ու ինձ մտածում, թե՝ յարաբ մեր աշխարհքի պես էլ սիրուն աշխարհք կա՞, թե չէ...

Դե մենակ մարդը էն ամայի սարի ծերին կանգնած՝ ինչ ասես, որ չի մտածի: Էդպես բնության խորհրդով տարված՝ չգիտեմ ինչքան եմ մնացել կանգնած, վերջապես ուշքս գլուխս եկավ, հրացանս վիզս գցեցի ու առաջ գնացի: Ձինը ուրթում խորն էր, բայց չէի թաղվում, երեսը սառած էր: Էնպես էի թեթև, կփկփալեն գնում, ոնց որ կոկիկ ճամփով:

Գնացի՜, գնացի՜, վերջը դեմ առա Լոռին Ղազախից բաժանող Խալափա սարին:

Դե մեր Խալափի զիժ բնավորությունն էլ հո գիտեք: Ամառվա էն շոգին երբ արևը աշխարհքը էրում-խորովում է, Խալափում մեկ էլ տեսար հանկարծ երկինքը սևակնեց, գոռգոռաց, կարկուտ թափեց ու տավար-ոչխար ձորերը լցրեց:

Դե ձմեռն էլ զիժ է ու զիժ: Խալափը մի բուք ու բորան արավ, մի բուք ու բորան, որ էլ ասել չեմ կարող: Մի քարի տակ կուչ եմ եկել, ո՜նց եմ զնգըր-զնգըր դողացնում:

Որ բուքը հանդարտվեց, մի քիչ էլ առաջ գնացի ու դեմ առա ուրթի փեշին: «Կարող է էստեղ պախրա լինի»,— մտածեցի ես, ու ոնց որ Շաքար ամին էր պատվիրել, փորսող տալով հաաա ուրթի պոնկին: Շունչս պահեցի ու գլուխս կամա՛ց հանեցի քարի կողքով:

Որ գլուխս բարձրացրի, սիրտս վեր թռավ ու սկսեց մորթած հավի պես թպրտալ: Տեսնե՛մ, ի՞նչ տեսնեմ, որ լավ լինի, դիմացս մի ահագին նախիր հանգի՛ստ արածում է: Քանի սիրտս խփում էր, ասի՝ չկրակեմ: Ու մտիկ եմ անում բերանս բաց, խելքս գնացած... Ասա՝ ո՞նց են արածում էդ պախրաները, առաջին ոտով ձինը քանդում են, ետ տալիս, խոտը բաց անում ու պոկում: Հետո՝ ուտելիս դունչները վեր են տնկում, խլուշ-խլուշ անում, չորս կողմը նայում ու էլի արածում:

Դե, ես ձեզ ի՞նչ պատմեմ, պախրա հո շատերդ եք տեսել. ոտները երկար, բարակ ու շիմշատ, մարմինները բարակ՝ կոկլիկ ու սիրուն, ոնց որ նախշ: Որձերը շատ մեծ են, ամեն մինը մի եզան չափ: Պոզեր ունեն, ոնց որ ծառի ճղներ, իսկ էգը պոզեր չունի:

Նախրից ներքև, մի թմբի վրա վեց պախրա ջուխտ-ջուխտ նստած՝ որոճում էին: Զարմանալին էն էր, որ մեկը երեսը դեպի է՛ս կողմն էր նստած, մյուսը՝ է՛ն կողմը, որ մեկը առաջը նայի, մյուսը՝ հետևը: Արածողներն էլ էդպես էին, մի մասը երեսը Լոռվա կողմն էր արել, մյուսը՝ դեպի Դիլիջան:

Էն ժամանակ, ոնց որ ասացի, տասնվեց տարեկան էի: Էնպես խամ ու ջահել էի, ոնց որ երեխա: Շշկլված, շունչս պահած մտիկ եմ անում որսին, իսկի չեմ էլ մտածում, որ կփախչեն, կամ սպանելու եմ եկել, էս ի՞նչ բանի եմ:

Որ շատ մտիկ արի, կշտացա, սիրտս էլ հանդարտվեց: Ետ քաշվեցի ու նշան բռնեցի: Հրացանի փակը բացելու չխկոցից պախրաները գլուխները վեր բարձրացրին, ականջներն սկսեցին ետ ու առաջ թեքել, սրել, իսկ մեծ բուղեն դունչն իմ կողմը մեկնեց ու սկսեց հոտոտել:

Նշան բռնեցի դրա կրծքին ու ոտը քաշեցի: Որ հրացանը տրաքեց, դրանք խառնվեցին, հավաքվեցին իրար գլխի ու կարծես հրամանի էին սպասում: Հրամանը ո՞րտեղից, նախրի ղեկավարին արդեն փռել էի, պոզերով, ոտներով քանդում էր ձինն ու խուլ բվվացնում:

Ու սկսեցի իրար հետնից կրակել հա՛ կրակել...

Խեղճ կենդանիները չգիտեին, թե գնդակը ո՛ր կողմից է գալիս, որ փախչեն: Մեկ էլ որ կրակեցի, փախան դեպի ինձ ու քիչ էր մնում գլխիս թափվեն: Երկու-երեք անգամ կրակեցի հենց դոշներին: Ինձ տեսան ու ճղեցին դեպի Լոռու սարերը: Դրանք որ փախան, նոր տեսա, որ ուրթում երեք պախրա է ընկած:

Քիչ հետո ընկերներս տեղ հասան, գովեցին ինձ ու միասին վիրավորների հետքն ընկանք, գնացինք:

Շաքար ամին նրանցից մեկին սպանեց մի ձորում: Մեր որսը թաղեցինք ձնի տակ, և ես գնացի Ահնիզոր՝ էշեր բերելու: Դրանից դենն արդեն գիտեք. Անդոնի մասին ձեզ արդեն պատմել եմ:

Համա մի հրաշք բան պատահեց ինձ, որ չեմ ասել:

Այ տղա, որ էշեր ճարեցինք, տարանք պախրաները բերելու, իմ աչքերը շաղվում են, գժվում եմ ու հրացանը դեմ եմ անում, որ Շաքար ամնին սպանեմ: Բռնում են, աչքերս տրորում, Շաքար ամին կրակ է անում ու ինձ դնում կեծեցած մոխրի մեջ: Դրանից ոտներս էրվել էին: Վերջը որսորդները որոշում են, որ պախրաների մեղքից է: Իհարկե, դատարկ բան է, մեղքի հարց չկար: Կարող է կամ խղճահարվելուց էր, կամ թե չէ՝ էդ օրն էնքան էինք չարչարվել, մրսել, որ մարդկությունից էլ էինք ընկել: Վերջը, գլուխներդ ինչ ցավացնեմ, ինձ էլ պախրաների հետ բարձում են էշերին ու բերում տուն:

Սաղափլուն որ անց կացանք, ուշքս գլուխս եկավ: Վեր եկա էշից ու մի կերպ, էրված ոտներով, կաղալով առաջ գնացի: Մեր գոմերից ներքև անտառապահներն առաջներս կտրեցին, որ պախրաները խլեն:

Սամսոնը աղաչեց թե՝ «Հազար ու մի ցավի տեր մարդիկ ենք, թողեք տանենք, մեր ցավին ճար անենք»:

Չլսեցին: Դե իմ գիժ ժամանակն էր: Անցկացա ծառի հետևը, հրացանը մեկնեցի:

–Շան որդիք, ումնի՞ց եք պախրա խլում,— որոտացի ես ու էն է՝ ոտը քաշում էի, Շաքար ամին թևիցս բռնեց:

–Աղա՛, շաշ չես, մեզ Միբիր կքշեն, ինչ ես անում,— ասաց նա կամաց ու հրացանս խլեց:

Վերջը անիրավները մեր որսը խլեցին ու գնացին Դիլիջան: Մնացինք մղկտալով հետևներից նայելիս:

Մյուս օրը լսեցի, որ կառավարության մարդկանց վրա հրացան քաշելու համար ինձ բերդ են նստեցնելու: Փախա Հաղարծնի գոմերը: Հորեղբայրս՝ Ուսեփ քյոխվեն, հո գիտեք ինչ անուն ուներ, գնում է Դիլիջան՝ պրիստավի մոտ, թե՝ «Ջահել է, ղալաթ է արել, բաշխեցեք»: Կարող է էդ արանքում կաշառքից-թանից էլ ժաժ եկած լինի, թե չէ, չեմ կարծում, որ առանց դրա մի բան դուրս գար:

Բա՛, էդպես բաներ, պախրեն մեր գլխին հարամեցին...— վերջացրեց Հայկը:

–Էն ժամանակ էլ էին հարամում, հիմի էլ,— տնքաց հայրս, ճրագը վառեց ու գնաց գոմը:

Երբ վերադարձավ, նրա աչքերը վիշտ էին արտահայտում:

–Մաշկեն սատկեց,— ասաց նա ու գլուխը կախեց:

–Հիմի էլ են հարամում,– կրկնեցի ես ցավով ու դանակը վերցնելով, գնացի իմ փայփայած կովը մաշկելու...

Մյուս օրը մենք բքի բռնված ձնկահար ձյան միջով քայլում, էինք դեպի լեռները:

Գնում էինք շալակով խոտ բերենք՝ կենդանի մնացած անասուններին փրկելու ռամար...

1934

ԽՂՃԱԼԻ ՀԱՅԱՑՔ

Դեռ փոքր էի, տասնչորս տարեկան հազիվ լինեի:

Մի առավոտ մեր հարևան Արթենանց Արշակը մեր դուռը ծեծեց: Բաց արի:

–Հրացանդ տուր,— ասաց,— Ջուխտակ աղբյուրներում նապաստակներ եմ տեսել, ո՞նց լինի, որ մեկը չբերեմ:

Հրացանս տվի՝ գնաց:

Կեսօրին Արշակը վերադարձավ՝ քրտինքի մեջ կորած:

–Մեկին մի թեթև վիրավորեցի, Բաղալանց բլուրն անցկացավ–կորավ, չգտա,— ափսոսանքով հաղորդեց նա:

–Այ բալամ, որս անելը հո փլա՞վ չի, ամեն մարդի բան չի,— լոպազ-լոպազ ասացի ես ու հրացանը նրա ձեռքից առնելով, ճամփա ընկա:

Հասա Արշակի ասած տեղը, փափուկ ձյան վրա պարզ երևում էր նապաստակի բոլորովին նոր հետքը:

Երեք ոտքով էր վազել, ուրեմն մեկը վիրավոր է: Մի քանի քայլ չարած, ձյան վրա արյան հետքեր նկատեցի:

«Սա իմ ձեռքիցը չի պրծնի»,— ուրախ մտածեցի ես և առաջ գնացի:

Հետքն անցնում էր քարերի կոճղերի արանքով, մացառների միջով:

Մի բարձր տեղ վիրավորը նստել էր: Ձյան վրա պարզ երևում էին նրա երեք թաթերի դրոշմած հետքերը, իսկ աջ թաթի տեղ արյուն էր թափվել և ալ կարմիր ներկել սպիտակ ձյունը:

Դիմացս մի մեծ քար կար, հետքն այդտեղ կտրվում է: Հասա, կռացա, ներս նայեցի քարի տակի արանքից, նապաստակը պառկել էր բնի հատակին և իր վիրավոր ոտքը թաղել մի ուրիշ՝ ավելի փոքր նապաստակի տաք ու փափուկ մազերի մեջ:

Վիրավոր նապաստակը մի խղճալի հայացք գցեց ինձ

վրա և փախչելու փորձ չարավ: Ես անմիջապես շուռ եկա և քայլեցի դեպի գյուղ:

Այդ խղճալի հայա՛ցքը...

Պատահեց Արշակը. անասուններին ջուրն էր տանում: Հեգնանքով նայում է ու հարցնում.

–Հ՞ը, բերի՞ր... Չէ՛... Բա լոպազանում էիր:

Ի՞նչասեի... Կամ որ ասեի՝ կհասկանա՞ր...

ԱՆԴՌԻՆԴԻ ՊՌՆԿԻՆ

(Որսկան Շաքարի պատմածներից)

Նորից աշունը եկավ, մեր անտառները մեկ էլ դեղնեցին ու տերևաթափ եղան:

— Տղե'րք, հիմի արջերի չաղ ժամանակն է, գնանք մի բախտներս փորձենք,— ասացի մի օր գյուղամիջում:

Հենց էդ օրը Ղազարենց Հանեսի ու Ալիխանենց Արթնի հետ ճամփա ընկանք դեպի Հաղարծնի անտառը: Ես ծմակի բերանին, մի քարափի թիկունքում տապ արի, իսկ տղերքը գնացին ներքևի ձորից սուրազ1 անեն: Արևկող արած էնքան նստեցի, որ քունս տարավ:

Մեկ էլ տեսնեմ՝ տղերքը դատարկ, քոռ ու փոշման ետ են գալիս:

— Տղե'րք, բա ո՞ւր է որսը:

— Ջատ չկա, Շաքար ամի, հոգիներս դուրս եկավ, էնքան ման եկանք,— պատասխանեցին նրանք ու հոգնած պառկեցին խաշամի վրա:

Ասի՝ տղե'րք, հիմի էլ դո՛ւք պատրաստ կացեք, ես գնամ, տեսեք արջին հանո՞ւմ եմ, թե չէ: Ես էլ հաստատ գիտեմ, որ էդ կողմերում արջ կա: Էրեսս թեքեցի դեպի դիմացի կաղնուտը, գիտեմ, որ արջը հիմի կաղին ուտելիս կլինի:

Ձորն անցկացա, մտա կաղնուտը՝ տեսնեմ խաշամը տեղ-տեղ ետ է տված: Արջն է արել... նշանները նոր են, սկսեցի առաջ գնալ մատներիս ծերով, որ խաշամը չխշխշա ու չորացած ճյուղերը ոտքերիս տակ չջարդվեն: Բարձրացա մի փոքրիկ թմբի գլուխ, մեկ էլ տեսնեմ ծառերի արանքում մի ահագին սև անասուն: Աչքի տակով գողեգող համ նայում է ինձ, համ առաջ գնում, էնպես զգույշ, որ իրեն չտեսնեմ: Համա գիտեմ, որ քարափն անցկենալուն պես ամեն ինչ ջարդ ու փշուր անելով փախչելու է: Հետևս անդունդ է, առաջս՝ գազանը: Հիմի ինչ անեմ: Թե կրակե՛մ՝ լավ գիտեմ, որ էդ ահագին սարին մի գյուլլով սպանել չի լինի, ես էլ ոչ փախչելու տեղ ունեմ, ոչ ընկեր: Անիրավը վերևից վրա կտա, բուրդս կգզի:

Հրացանը երեսս կալա, որ կրակեմ՝ սիրտ չարի: Արջը հասկացավ, աչքի տակով նեղացած մտիկ արավ վրես ու էն էր, ծառերի արանքում կորչում էր՝ կրակեցի: Դրա բրդոտ կողքից կանաչավուն ծխի քուլա երևաց, հասկացա, որ կպել է: Էդ անտերն էնպես գոռաց, որ սար ու ձոր դմբդմբաց: Գոռգոռալով, արին տալով դեպի ինձ ո՜նց է գալիս... հիմի էլ որ միտս է ընկնում՝ մազերս փշաքաղվում են: Ինձ չկորցրի, ետ գնացի, անդունդի պռնկին վեր ընկած մի ծառ կար, մտա դրա տակը:

Արջը մռնչալով եկավ ու կանգնեց գլխիս վերևը, համա աչքերը արյունով լցված էր, ինձ չտեսավ: Հիմի ծառի տակին կուչ եկած մտածում եմ, թե կրակե՛մ՝ ուղիղ գլխիս կընկնի: Ասի՝ ինչ ուզում է թող լինի: Պառկած տեղից հրացանը դոշին դեմ արի ու «տրա՛ք–տրա՛ք», երկու անգամ կրակեցի: Ռռնաց, երկու թաթով գրկեց ծառն ու սկսեց կրծել: Էլի՛ կրակեցի, դես ու դեն է նայում ու չի հասկանում, թե որտեղից է գալիս գնդակը: Հրացանիս մեջ փամփուշտ չմնաց: Ո՞նց ժաժ գամ, ո՞նց նոր փամփուշտներ հանեմ, ախար որ նկատեց՝ մահս կտա: Փորսող տալով մտա փտած զերանի տակը. անդունդի պռնկին եմ, էլ առաջ գնալու հնար չկա: Ջանս դող է ընկել, ասում եմ՝ էս է, վերջս եկել է:

Ո՞ւր են ընկերներս, ինչի՞ չեն գալիս իմ կրակոցների վրա: Սսկվել եմ, հույսս Հանեսի և Արթինի վրա է: Գերանի տակից թաքուն մտիկ եմ անում, ի՜նչ տեսնեմ՝ արջը պպզել է էնտեղ, որտեղ ես էի քիչ առաջ: Արուն է գալիս կրծքից, ոտից, կողքից... Օրորվելով առաջ եկավ ու կանգնեց կողքիս՝ հենց քարափի ծերին ու գլուխը դեմ արավ մի քարի: Աչքերն արդեն շաղվել են, ինձ չի տեսնում:

Կամաց գլուխս բարձրացրի ու հրացանի կոթով բոթեցի, գլխի վրա տնկվեց, կոճղի նման շուռ եկավ ու գլորվեց քարափից ներքև:

Ազատ շունչ քաշեցի, բարձրացա սարի գլուխն ու ինչքան ուժ ունեի գոռացի.

— Աղա Հանե՛ս, Արթի՛ն, եկե՛ք, արջը սպանել եմ, հե՜յ...

— Հե՛յ,— լսվեց Հանեսի ձենը Ուսուբի սարի քարափներից:

— Գալիս եմ, հե՛յ,— լսվեց Արթնի ձենը Արփավուտի գլխից:

Մնացի զարմացած, թե էս մարդիկ ի՞նչի են էսպես իրար կորցրել: Նստեցի, Արթինն եկավ ինձ գտավ:

— Այ տղա, էդ ո՞ւր եք կորել, Արփավուտի գլխին դու ի՞նչ բան ունես:

— Շաքար ամի, մեր մեղքն ինչ պահենք, տրաքոցներ որ լսեցինք, մտածեցինք, որ ղաչաղներ կլինեն, ու ամենքս մի կողմի վրա փախել ենք, գլուխներս ազատելու համար:

Ծիծաղեցինք:

— Համա դարդիման ընկեր եք, հա՜... Դե վազիր գոմերից լծկան բեր, որ արջը տանենք:

Ծմակը մթնեց: Հանեսը եկավ երկու լուծ եզն առաջն արած:

Համա արջը մեծ չարչարանքով դուրս բերինք ձորից,

եզները քրտինքի մ՛եջ կորել էին։ Վաթսուն տարվա որսկան եմ, հալա-էղքան մեծ արջ չեմ սպանել։ Ինչ ասեմ՝ մի դեզի չափ բան էր։ Մենակ կաշին երկու փութ եկավ, իսկ եղը՝ հինգ փութ։

1934

ԴԵՊՔ ԵՂԵԳՆՈՒՏՈՒՄ

Մեր տունը գյուղի վերի ծայրին է՝ կանաչ պարտեզներով պտտած բլրի արևելյան լանջին։

Արեգակի առաջին շողերն ամենից շուտ ոսկեզօծում են մեր պատշգամբն ու բաց պատուհաններից խուժում ներս։

Այդ առավոտ էլ կոպերիս վրա զգացի առաջին ճաճանչներն ու արթնացա։

Ես նայում եմ մեր պատշգամբից և իմ առաջ տարածվում է Դիլիջանի հեքիաթային ձորն իր փրփրաբերան գիժ գետով, իր մթին ծմակներով և ոսկա քարափներով, որոնք կանաչ թավուտների միջից վեր են հանել իրենց լերկ ծայրերը։

Իմ դիմաց Գյոյ-Դաղ լեռն է՝ կապույտ լեռը՝ իր անտառոտ լանջերով և ողորկ ու թավիշ սարահարթերով։ Նրա մյուս երեսի փեշերը ծեծում են Սևանա լճի գեղածիծաղ կոհակները։

Հյուսիսում՝ Լոռին Ղազախից բաժանող լեռները պատած են վաղորդյան սպիտակ մշուշով։

Հովը շնկշնկում է պատշգամբում և ծաղիկների բույրը բերում իր հետ։ Քաղաքի տոթից ու փոշուց մեկ օրով բնության գիրկն ընկած մարդու ագահությամբ կլանում եմ անապական ու խնկաբույր օդը։

Մի խումբ աղավնիներ ճախրում են օդում, և փայլում են նրանց թավիշ փետուրներն արևի ճառագայթների տակ:

Ես վերցնում եմ երկփողանի հրացանս, բարձրանում բլուրն ու կրակում իմ գլխի վրայով թռչող երամի վրա: Ես հավաքում եմ թռչունները, կախում կողքիցս և իջնում ցած:

Մեր տան առաջ ահագին փափախով, արծաթապատ դաշույնը գոտուց կախած, չուխի փեշերը հավաքած մի մարդ է կանգնել և ամուր հենվել իր ահագին մահակին: Նա զրույց է անում հորս հետ.

Ճանաչում եմ դեռ հեռվից՝ Շաքարն է, Ղազախի ամենահայտնի որսորդը: Չգիտեմ՝ պապիս եղբոր տղա՞ն է, թե՞ թոռը:

Ինձ նկատեց ու բամբ ձայնով բացականչեց.

— Ա՛յ տղա՛, դո՞ւ ես, տո դու բարո՛վ ես եկել, հազար բարի ես եկե՛լ...

Ապա մի ծուռ հայացք ձգելով կողքիցս կախած աղավնիներին, ավելացրեց.

— Չէ՛, բալամ, դու էլ քաղաք գնացիր, լոր փախցնող դառար:

Հնամյա այդ որսորդի համոզմունքով, տղամարդու համար անպատվաբեր է թռչունների վրա կրակելը: Եվ նա քաղաքի որսորդներին դրա համար է հեգնում և մեկ էլ նրա համար, որ հետները որսի շուն են վերցնում:

Ութսուն տարեկան է և երեք քառորդ դար շարունակ կյանքն անց է կացրել բացօթյա, բնության գրկում, փարթամ կանաչի մեջ ու ձյան վրա, անդնդախոր կիրճերում ու բարձրաբերձ լեռների գագաթներին:

Իր հոասակակիցներից շատերը, ինչպես ինքն է ասում, «օխտը պատան են մաշել»: Բայց նա առողջ է ու սրատես՝ որպես իր լեռների արծիվը:

Այժմ նա կոլխոզի նախրապանն է, և ոչ մի գայլ նրա նախրի կողքով չի անցնում: Այժմ էլ ձմեռ չի անցնում, որ արջը հոգեվարքի մեջ չգոռա նրա անվրեպ հարվածից:

— Դու է՛ն ասա, ամօղլի, թացանիչ ես բերե՞լ,— ասաց նա ցուցամատով կոկորդը կտկտացնելով:

— Կա՛, ո՞նց չէ, «Արարատ»–ը ողջ լինի, գնա՛նք:

Մենք նստեցինք պատշգամբում, սեղանի շուրջը և լցրինք կոնյակի բաժակները:

— Ա՛յ պուճուր ամօղլի, ախր դու էս սաղ Հայաստանի ժողովրդի առաջ խայտառակ ես արել ինձ:

— Ինչի՞, բիձա,— զարմացա ես:

— Փի՛է, միթամ դու խաբար չե՞ս... էն օրը Դիլիջանի մեծ քուչով գնում եմ: Վիզները կարմիր շոր կապած երեխեքը էս ու էն կողմից մատով ցույց են տալիս, թե՝ «էն է, ա՛յ, որսկան Շաքարը»: Ես էլ բանից խաբար չեմ: Մին էլ մինը մոտիկ եկավ մի գիրք ձեռքին, թե՝ «պապի, քո նկարը տպված է, տեսե՞լ ես»: Արինս գլուխս տվուց. ասի՝ նաղլաթ քեզ, չար սատանա, յարաբ, ես ի՞նչ վատ բան եմ արել, որ իմ պատկերքը գրքում քաշեն: Երեխեքն ուրախանալով ցույց տվին: Տեսնեմ՝ ռեխը լեն մի մարդ, մոթալ փափախը գլխին, թվանքի լուլեն դեմ է արել արջի դոշին: Համա հեչ ինձ նման չէր: Ասացի՝ բալա ջան, ես արջ շատ եմ սպանել, համա էդ մարդը ես չեմ, դրա ռեխը լեն է: Ասացին՝ ոչի՛նչ, պապի, քաղաքում ձեռքով են նկարել, առանց քեզ տեսնելու:

Խնդացինք: Ըստ երևույթին, նրա ասած գիրքը «Պիոներ» ամսագիրն է եղել, ուր ես գրել էի իմ հիշողությունները որսկան Շաքարի հետ կատարած մեր արջաորսի մասին:

— Սկսիր որսից, է՛լ եմ գրքի մեջ գցելու,— ասացի ես:

— Թե էլի էնպես բեջուռա եք նկարելու, քեզ բան չեմ պատմի,— լրջորեն առարկեց Շաքար ամին:

Ծիծաղս զսպելով՝ ես նրան հանգստացրի, որից հետո սկսվեց հետաքրքիր զրույց վայրի խոզերի մասին:

Եվ Շաքար ամին պատմեց հետևյալ դեպքը:

— Մի տարի մարտի կեսերին խոր ձին եկավ: Ոչխարի սուրուն, որ արածում էր, մնաց զոմումն ու մի քանի օրում տավարի փայ խոտի մեջքը կոտրեց: Դե էն վախտն էլ ոչ կոլխոզ կար, ոչ էլ կառավարությունն էր մերը: Մեյդանը Չաթալանց Վարթևանինն էր: Ամարաթները կանգնեցրել էր ու ապրում էր պոպոքի միջի պես: Աշունքը մշակների մեջքով խոտ էր արել, պահել ու էս նեղ վախտն իր հոր գինը դրել վրեն, ծախում էր: Խալխն էլ ճարները կտրած՝ ոչխարի, տավարի կեսը ծախում էր, խոտի տալիս, որ մյուս կեսը փրկի:

Տղիս ասացի՝ «Արո'ւթ, այ որդի, փթով խոտ առնելով մենք տավար չենք պահիլ, դա էլ, ոնց որ տեսնում ես, աստվածն ուրացել է. արի ոչխարը քշենք Քռի ղրաղը»:

Ասելն ու անելը մին արինք: Պուճուր տղիս՝ Աբելին վեր կալա ու ոչխարն առաջս արի:

Առաջին գիշերը Զարխեչում քնեցինք, մյուս օրը Քարվանսարա, չորրորդ օրը ռասանք Աղստաֆա:

Ոչխարը ուղիղ քշեցինք Սալահլու՝ մեր ճանաչ թուրքերի մոտ: Դե, ոնց որ գիտես, ամառը նրանք մեր սարերն են գալիս ու մեզ հետ մերվել, ախպերացել են: Էդ մարդիկ հենց ջիգյարով մեզ ընդունեցին, հենց պահեցին, որ որդոց-որդի պարտական մնացինք:

Էդտեղ արդեն գարուն էր: Քուռը վարարել, պղտորվել էր, ղամշկուտներումը ղշերը սկսել էին բույն շինել: Կանաչը նոր էր դուրս եկել, էնքան, որ ոչխարը կշտանում էր:

Ոչխարի ծինն սկսվեց: Ծնեցնում ենք, կաթը դալ ենք անում, ուտում: Մեր շներն էլ մեզ հետ հավասար ուտում են, քոքանում ու էդ դուզերումը խաղ անում, գել չկա, բան չկա: Մի խոսքով, քեֆներս լավացավ:

Համա երկու շաբաթ է՝ որս չեմ արել, ջանս քոս է ընկել, ձեռքերիս մեջը քոր է գալիս:

Մի առավոտ մտիկ տամ, տեսնեմ՝ գոմի չորս կողմը թափած աղբը քանդած է. ոնց որ մեկը չութը զցի ուվարի-սնացնի: Նայում եմ՝ դուզումն էլ էնպես ծուռումուռ, վարած տեղեր կան:

Ասում եմ՝ «Էս ինչ թան է, Միառլամ»: Նա թե՝ «Գիշերը խոզերն են վարել»: «Ի՞նչ խոզեր»: «Վիրու խոզերը, ղամշկուտից են գալիս»: Էդ որ ասեց, սիրտս ծուլ էլավ: Ես էլ խոզի որսին սովոր չեմ. դե, ոնց որ գիտես, մեր կողմերում խոզ չկա:

Դրանք ինձ ասացին, թե խոզը արջից էլ փիս է: Դժվար է սպանվում, ճրագուն էնքան հաստ է կաշվի տակ, որ վերքի առաջը փակում է, արինը չի գալի, ու խոզը մնում է կենդանի: Ու թե որ որձին վիրավորեցիր՝ էլ պրծար: Միադլամը պատմեց, թե ինչպես իրենց գեղացիներից մեկը ձիով է որսի գնացել, որ վիրավոր վարազը չկարողանա վնաս տալ: Ձիու վրից կրակել է, վարազը կատաղած՝ վրա է տվել, հասել ձիու ետնից ու դուրս ցցած ատամովը ձիու ոտի կոճիցն սկսած մինչև բուդը ճղել է թրի նման:

— Վիրավոր վարազից ազատվելու համար կամ պետք է փոս փորես, դիրք մտնես, քանի որ խոզը դեպի ներքև չի կարող խփել, կամ թե չէ՝ պետք է քոթուկի վրա կանգնես, որ դունչը չհասնի:

Էդ կանոններն իմանալուց հետո գնացի դամշկուտը մի լավ տնտղեցի: Որոշեցի, թե քշելիս ո՞ր կողմը կարող են փախչել ու նստեցի էդտեղ՝ մի քոթուկի վրա:

Աբելին ասացի, դու շները վեր կալ, գնա դամշկուտի էն ծերիցը դալմադալ անելով քշի գան:

Աբելը գնաց, հեռացավ, շների հետ մտավ դամշկուտն ու սկսեց դալմադալով գալ դեպի ինձ:

Մեկ էլ տեսա դիմացի դամիշները ժաժ են գալիս ու ճրթճրթում: Խոզերի բոլուկը չորացած դամիշը փշրելով՝ առաջ էր գալիս: Եկան, թափով անց կացան, համա բարձր դամշի մեջ բան չեմ տեսնում: Մեկը երևաց՝ դունչը վերև ցից արած: Կրակեցի, տեսա, որ դիպավ: Դիպավ, համա կորավ: Քոթուկից վեր եկա ու ընկա դրա ետնից: Տեսա, որ դամշի վրա արնի շիթեր են երևում: Մի քիչ գնացի՝ դրա թիկունքը երևաց: Մեկ էլ կրակեցի ու առաջ գնացի:

Համա ոտներս խրվում են. շամբի տակ ցեխ ու ջուր է: Շեկ շամբուտում դրա քամակը մեկ էլ երևաց՝ կրակեցի: Որ կրակեցի, էդ անտերը ճղղաց ու դորթդորթացնելով ետ դառավ, վրա տվեց ինձ: Թվանքը դոշին դեմ արի՝ մեկ էլ կրակեցի: Կրակեցի, համա մինչև ծնկներս թաղվել եմ ցեխի մեջ: Էդ անտերը վրա հասավ ու ընկավ վրես. ուժ չունի որ խփի, դոշից ու քամակիցը արինը խշշալով գնում էր: Հակառակի պես էլ թվանքիս լուլեն դրա տակն էր ընկել: Ձեռքս տարա խանչալիս, որ հանեմ, դոշը խրեմ՝ չկարացի. խանչալը տակիս փաթաթվել էր ղամշի արմատներին: Հիմի դա խռխռացնելով սատկում է, չի կարողանում ինձ խփի: Սատկում է, համա վրես է սատկում, ինձ էլ է տանում ցեխի տակը:

Շա՛տ ինձ թափ տվի, շա՛տ չարչարվեցի, ճար չելավ: Նաիլաթ քեզ, չար սատանա, էս ի՞նչ խաթա էր: Խոզը հոգին փչելու ժամանակ մեկ էլ ցած եկավ՝ լրիվ մնացի տակին:

Բղավեցի՝ «Աբե՛լ, հասի՛, Աբե՛լ, հասի՛, հե՛յ»... Իմ ձենի վրա Աբելը շների հետ եկավ, վրա հասավ, խոզը շուռ տվեց մի կողմի վրա ու ինձ դուրս քաշեց ցեխիցը:

Բա՛, էդ անտերն ինձ էլ էր ուզում իր հետ տանի էն աշխարհը:

Համա խոզ մի ասիլ, մի գոմեշ ասա, ութ փութ միս ու եղ ուներ:

Ու դրանից եղը սովորեցի: Էլ որ աշխարհը քանդվեր, քոթուկի վրից վեր չէի գալիս,— վերջացրեց իր պատմությունը Շաքար ամին:

— Ես գիտեմ, էս էլ ես գրքի մեջ գցելու, համա խնթրվում եմ, ամօթլի ջան, խաբար բաներ չգրես ու պատկերս էլ էնպես բեջուռա քաշել չտաս,— ավելացրեց ծեր որսկանը, վերջին բաժակով խմեց իմ կենացը, ցանկություն հայտնեց, որ իմ «գյուլլեն գետին չընկնի» ու վեր կացավ:

1934

ԱՆՏԱՌԻՆ ԱՆՍՈՎՈՐ ՄԱՐԴԸ

Բարձրահասակ, լայն թիկունքով, սև ու խիտ հոնքերով մի մարդ էր Վանոն՝ արտաքուստ հսկայական ու առնական:

Մի անգամ, երբ եղնիկը շալակած մտանք քաղաք՝ պատահեցինք նրան և նկատեցինք, որ դեմքին արհամարհական ժպիտ խաղաց:

— Ես էլ կարծում եմ բա՛ն են բերել,— փնթփնթաց նա քթի տակ:

Հաջորդ օրը, ի ցույց մարդկանց, ինձ առաջարկեց գնալ արջի որսի: Այս անգամ էլ ես սկսեցի հեգնել.

— Դաշտի մարդ ես, սարը քո բանը չի... Մեկ էլ քո էդ ահագին մարմինն ո՞վ է շալակողը...

Արհամարհանքով վերից վար նայեց ինձ և հանդարտ ու վստահ ասաց.

— Ղարաբաղում արջերն իմ ահից մկան ծակին օխտը թուման էին տալիս: Արջեր եմ սպանել ամեն մինը մի վագոնի չափ: Գնա՛նք, տղամարդը սարում կերևա:

Համաձայնեցի: Ասի՝

— Վա՛նո, արի կլինի այս անգամ արջերին բաշխի, գնանք եղնիկի, ես եղնիկ խփելու թույլտվություն ունեմ:

— Է՛, տղամարդը եղնիկի վրա էլ գնդա՞կ կփչացնի,— պատասխանեց նա, դժգոհ, բայց համաձայնեց:

Հաջորդ օրը մեկնեցինք Լոռի: Գնացքում կես քուն, կես արթուն լսում էի Վանոյի ինքնագոհ պատասխանները հետաքրքրվող տիկիններին.

— Արջաորսի ենք գնում...

— Դե ո՛ւր պիտի պրծնի որ...

— Վտանգավորը՝ վտանգավոր է, բայց դե կյանքի իմաստն էլ վտանգն ու դժվարությունները հաղթահարելու մեջն է...

Այդ գիշեր անքնությունից ծանրացած գլուխներով

գնացինք իջանք Ալավերդի կայարանում և զանգահարեցինք Ուզունլար:

— Էն ով ա՛...— լսվեց քնատ մի մարդու պատասխան:

— Գալոյին շուտ վեր կացրեք, բերեք հեռախոսի մոտ:

— Էն ով ա՛...— կրկնվեց համառ հարցը:

— Երևանից է, ասա՝ այսինչն է, շուտ կանչիր: Հերթապահը փնթփնթալով գնաց:

Քիչ անց՝ Ուզունլարից զանգահարեցին.

— Այտա ջան, էդ դու ե՛ս... Այտա, քե մատաղ, էդ ե՞րբ ես եկել...

Որսկան Գալոն ուրախացել էր մեր ժամանման համար: Երևան գալիս միշտ ասում էր. «Ա՜խ, մի անգամ քեզ տանեմ Չափրելաձո՛ր, էն զուլալ ջրերից խմես ու վազես կխտարների հետևից...»:

— Գամ ձեզ տանեմ,— առաջարկեց նա:

Չհամաձայնեցի. կլուսանար, որսի ժամանակը կանցներ:

— Դու նշաններով ասա, որտե՛ղ է Չափրելաձորը, մենք կգնանք,— պնդեցի ես:

— Կզաք Սանահին կայարանը: Սարից եկող մի ջուր կա, էդ ջուրն ի վեր կհասնեք սարերը: Մի քարափի տակ գոմեր կան, Ուզունլարի գոմերն են. էնտեղ կպատահենք, ես էլ գնում եմ Ամոջա որսորդներին վեր կացնեմ բերեմ,— ասաց Գալոն ու կախեց հեռախոսի փողակը:

Մինչև Սանահին մենք քայլեցինք ոտքով:

Ուշ աշնան գիշեր էր: Եղյամը նստում էր չորացած խոտերին, իսկ Դեբեդը դուրեկան վշվշում էր ապառաժների տակ:

Հասանք Սանահին, գտանք Գալոյի ասած առուն և քայլեցինք նրա հոսանքն ի վեր:

Նեղլիկ այն կածանը, որով ընթանում էինք մենք, ձգվում էր առափնյա ժայռերի ու զառիվայրերի լանջերով: Ահավոր խավարը չոքել էր երկրի վրա, գիշերային մի թռչուն մենակ ու խորհրդավոր կանչում էր մոտակա անտառում, իսկ ներքև ջուրն էր խշշում մեղմորեն:

Ե՛վ թռչունի կանչը, և՛ գետի խշշոցը, անտառի սոսափյունը գիշերվա այդ ժամին անտառին անսովոր մարդու մեջ զաղտուկ երկյուղ է առաջ բերում: Իսկ ես մտքով սլանում էի դեպի տարիների հետևը թաղված իմ մանկությունը, երբ նիհրում էի լեռնային գետակի ափին, ընդարմանում էի նրա միալար ու բազմախորհուրդ վշշոցի ազդեցությամբ: Նա օրորում էր ինձ գորովագութ մոր նման, և ես երազում էլ լսում էի նրա դյութական ձայնը...

Մենք բարձրանում էինք լեռը: Ճանապարհին ավելի ու ավելի դժվար էր դառնում և հետզհետե հեռանում էր գետի ձայնը:

Երբ Վանոն չորրորդ անգամ վայր ընկավ ու զուսպ տնքաց, ես ստիպված եղա մի թեթև հանդիմանել.

— Այ տղա,— ասում եմ,— Աբովյանի մայթի պես ճամփին որ չես կարողանում քայլել, բա անտառում ո՞նց ես անելու:

— Ուրեմն սրանից է՞լ վատ տեղեր կան,— հարցրեց նա երկյուղով:

— Էն էլ ո՜նց, կածաններ կան, որ մի էշի ոտնատեղի չափ են: Նա, ով գիշերները քնել է հանդերում, ականակիր գիշերներին փնտրել է գայլից ցիրուցան եղած հոտը, կարող է թանձր խավարի մեջ անտառում ընթանալ անսխալ ու անսայթաք:

Որսորդությունը նույնպես մարդուս մեջ զարգացնում է կողմնորոշման ունակությունը: Եվ ես իմ դաշտեցի ընկերոջը զարմացնելու միտումով խավարի մեջ թռչկոտելով վազում էի քարքարոտ ու նեղ շավիղով և փորձում էի նրան:

Վանոն դժբախտաբար տեղ-տեղ չոքեչոք, քարերը շոշափելով էր շարժվում առաջ, քանի որ ողջ կյանքն Արարատյան դաշտում էր անց կացրել:

Լուսադեմին ձյան բարակ շերտի վրա սկյուռի հետքեր տեսնելով, նա բացականչեց.

— Պա՛հ, էս ինչ շատ աղվեսներ են ման եկել.

Պարզվեց «մինչև հատակը»: Զղջացի, որ նրան բերել եմ հետս:

Հեռվից, լեռների կազմությանն ու վտակների ուղղությանը նայելով, որոշեցի, թե որտե՛ղ կլինի Ուզունլարի ձմեռանոցը: Ձմեռանոցն իրոք ընկած էր սարից եկող երկու վտակների արանքում, նրանց միացման տեղից քիչ բարձր:

Տեղ հասանք, նստեցինք առվակի ափին, մի գերանի վրա: Լոռեցիները դեռ չէին եկել:

Ուշ աշուն էր. անտառը վաղուց էր մերկացել: Դեղին խալերով վերջին տերևները ճախրում էին օդում, իջնում առվակի զուլալ ջրերի վրա, տեղ-տեղ էլ հավաքվելով կապել էին առվակի ընթացքը և կլոր ջրափոսեր գոյացրել:

Աշնանային քամին շնկշնկում էր անտառում, քշում-տանում էր դեղնած տերևները, ինչպես տեղացիք են ասում՝ տեղ էր ավելում ձյան համար: Ի՜նչ տխուր է անտառն ուշ աշնանը...

Վանոն բերանը բաց նայում էր անթիվ-անհամար ծառերին ու թփուտներին:

— Էս լաբիրինթոսի մեջ ո՞րս կերևա,— հարցրեց նա:

Եվ իսկապես, անսովոր աչքը դժվար կարող է նկատել եղնիկին ծառերի արանքում:

Վերջապես տեղ հասավ Գալոն՝ Ամոջի որսկանների հետ: Մեկը ջլապինդ ու արևխաշ դեմքով մի երիտասարդ էր, որ մտնելու էր ծմակի ամենադժվար տեղերն ու քշելու էր որսը դեպի մեզ, իսկ մյուսը՝ մազոտ երեսով, բարձրահասակ, թիկնավետ մի տղամարդ՝ տաճկական հրացանով:

— Որսին փախցրու, հետո կրակիր, որ ասեմ տղամարդ ես...

Այս խրատը մեզ տալուց հետո այդ մարդը որոշեց մեր անելիքը.

— Կխտարները մեր դիմացի ծմակում են: Էն պնդոցում, ուր արև չկա, էն դժվար տեղերն անպայման կխտար կա: Տիգրանը կգնա ներքևից կքշի: Ես, Գալոն ու ընկեր Վանոն կբռնենք էն թամբի պես տեղը, որտեղով կխտարները փախչելու են։ Իսկ դու, այ քաղաքացի ընկեր (դարձավ ինձ), դու էլ էս դոշումը արնկող արա ու մտիկ արա դիմացիդ ծմակին։ Հենց որ կխտարը հարմար ու մոտիկ երևա, հանգիստ նշան բռնի, ոտը քաշի։

Մենք արագ հաց կերանք ու չոքեցինք-խմեցինք առվակի սառնորակ ջրից։ Երբ Վանոն պայուսակից հանեց բաժակը և երկու անգամ ողողելուց հետո խմեց, նկատեցի, թե ինչպես հեգնական մի ժպիտ խաղաց ամոջեցի ծեր որսկանի դեմքին։

Անտառի ձյունը ճեղքելով, թփերից կախվելով, հրացանի կոթը հենարան դարձնելով՝ մեր որսկանները ցրվեցին լեռան հյուսիս նայող լանջին, և յուրաքանչյուրը դեպի իր դիրքը դիմեց։

Ամոթով տեսա, թե ինչպես ընկերս գնում է գնում, բայց դեռ տեղն է. սողում է ցած։ Իսկ Տիգրանն արդեն ներքին ձորից սկսել է աղմկելով որսը քշել։ Նշաններով մի կերպ հասկացրի Վանոյին, որ մի ծառի հետև նստի, չշարժվի, որ եղնիկները չխրտնեն։

Իմ գործն ամենից հեշտն էր։ Ես արնկող էի արել մի ժայռի գլխի ու նայում էի ձորի մյուս կողմի լանջին, ուր որսն է ու որսորդները։

Աշնանային արեգակի մեղմ շոյանքի տակ թմրություն էր իջել վրաս, երբ սթափվեցի հրացանի թնդյունից։ Չեք կարող երևակայել, թե ինչպիսի հաճույք է զգում մարդ, երբ լսում է ընկերոջ հրացանի ձայնը։

Հայացքով արագ խուզարկեցի անհամար ծառերի արանքները ու գտա եղնիկին, որ առաջին ոտքից կաղալով վազում էր դեպի վեր։ Գալոն արագ շրջվեց դիմացիս ժայռի մյուս երեսը, չոքեց ու մեկ էլ կրակեց։ Եղնիկը գլորվեց ձյան մեջ։ Մի այլ եղնիկ շփոթված վազում էր դեպի այն ծառը, որի տակ թաքնված էր Վանոն։ Որսորդական կանոնի համաձայն, այն ժամանակ, երբ արդեն շուրջկալն սկսվել է, դարան մտած որսորդը ո՛չ միայն ձայն չպիտի հանի, այլև չպիտի շարժվի, եթե նույնիսկ մեղուն խայթելու լինի։

Վանոն, որ չէր նկատել իրեն մոտեցող եղնիկին, կանգնեց ամբողջ հասակով մեկ, դարձավ դեպի ինձ ու գոռաց.

— Վախթա՜նգ, էն ով կրակեց, դու է՞ր...

Այդ ձայնից եղնիկը շանթահարված շուռ եկավ ու թեթև սուրալով կորավ անտառի խորքում:

Ես լսեցի, թե ինչպես Գալոն փնթփնթաց ու թքոտեց և թաքստարանից դուրս գալով, խռոված հոգով գնաց դեպի սպանված եղնիկը: Որսը վերջացավ:

Դիմացի լանջով այծյամի թեթևությամբ իջան որսկանները, իսկ ես հայացքով հետևում եմ Վանոյին: Դեպի վեր էլի կարելի է չորեքթաթ բարձրանալ, բայց ձյունոտ զառիվայրով անհնարին էր իջնել մի մարդու համար, որն իր ողջ կյանքում քայլել էր հարթ տափարակում:

— Ո՞ր կողմը գամ, ո՞ր կողմը,— ձայն տվեց նա:

— Ուղիղ իջիր ձորը...

Թփերից կախվելով եկավ ու քիչ էր մնում մի բարձր ժայռից վայր ընկնի: Անսովոր մարդը վերից վար դժվար կարող է տեսնել ժայռն անտառում: Ներքևից նայելիս ժայռ է, իսկ վերևից՝ կարծես հարթ զառիվայր: Բայց սովոր աչքը դրանից չի խաբվում: Երբ տեսնում ես առաջիդ ծառերի միայն կատարներն են երևում, այդ նշան է, որ առաջդ ժայռ է, ծառերի բները նրա տակ են: Վանոն անդունդի եզրին էր, որ ես գոչեցի.

— Կանգնի՜ր, առաջդ քարափ է...

Կանգ առավ, կռացավ նայեց ցած ու սարսափով ետ փախավ: Հասկացրի, թե ժայռի ո՛ր կողմովն իջնի, իսկ ինքս իջա ձորը և սկսեցի չոր փայտ հավաքել խարույկի համար:

Երեխայի նման հրճվում է մարդ, երբ վազում է անտառով, կուտակված չոր տերևները խշխշացնելով:

Արևը մայր էր մտել, դեկտեմբերի պարզկա երեկոն էր իջնում, օդը ցրտում էր: Այդ ժամին կրակն այնքա՜ն դուրեկան է: Որսկանները մրսած, կապտած երեսներով, ձյունոտ ու թաց ոտներով եկան, մոտեցան խարույկին ու սրտալի «օխայ» արին:

Վերևից լսվեց գոռոց, և հրացանը թնդաց չորս-հինգ անգամ:

— Աղա հասեք, կխտարների սուրվին պատահեց տնաքանդը,— ձայնեց ամռջեցի որսկանն ու հրացանը վերցրեց վազեց դեպի վեր: Մենք հետևեցինք նրան: Լանջի կիսին պատահեցինք իմ «որսկան» ընկերոջը՝ սփրթնած դողալիս: Նա մեղավոր երեխայի հայացքով մեզ նայեց ու հասկացրեց, որ չի կարողանում իջնել, օգնության համար է կրակել:

Գալոն իմ տեղակ գետինը մտավ, իսկ ես՝ այդ վախկոտ մարդու: Լուռ իջա ցած:

Մեկ-մեկ կոնյակ խմեցինք, տրամադրություններս բարձրացավ:

— Աղա, կրակը թեժացրեք, աստծու ոտները խանձի: Պահ, պահ, պահ, էս ինչ խորոված ա գալի...

Ու մինչ Վանոն ընկճված ու հետաքրքրությամբ նայում ու հավանաբար մտածում էր՝ թե առանց շամփուրի ոնց ենք խորովածը գլուխ բերելու, Գալոն մասրենու ճյուղերից շամփուրներ շինեց, իսկ ամռջեցի Տիգրանը եղնիկի սիրտն ու ջիգյարը կոտրեց բաշլղի վրա ու աղ արավ:

Նրա կարծիքով ջիգյարը կիսախորով ու արնաթաթախ պիտի ուտել: Քիչ անց շամփուրները վերցրեց կրակի վրայից՝ կիսախորով վիճակում:

— Թողեք խորովի, այդպես անհնարին է մարսել,— բողոքեց Վանոն:

Լոռեցիները քահ-քահ խնդացին:

— Անհնարինը ո՞րն է, այտա, սա է մեր ձեռին, հո մե՞նք չենք սրա ձեռին...

Այդպես էլ Վանոն ոչինչ չկերավ:

Երիկամներն էլ կրակին գցելուց հետո չոքեցինք և մեկ էլ խմեցինք քչքչացող առվակից: Որսկանինն էլ հենց այդ է. հաջող որսից հետո խարույկի մոտ խորոված ուտելը և չոքել-ջուր խմելը մի ամբողջ կյանք է նրա համար: Դրանից հետո ի՞նչ կլինի, ո՞վ կվայելի որսիդ արդյունքը, դա որսկանին չի հետաքրքրում:

Երբ մենք փափուկ տերևների վրա պառկած հանգստանում էինք, կրակի լեզուները երկինք էին բարձրանում, և պաղ փողփողում էին հսկա կաղնուն հենած մեր զենքերը: Իսկ լեռնային վտակը շարունակում էր իր ախորժալուր կարկաչյունը:

Իմ որսորդական խմբում մի լավ սովորություն կա. երբ մենք որսից վերադառնում ենք, ոչ-ոք չի կարողանում իմանալ, թե մեզանից ո՛վ է խփել որսը: Իմացան դո՞ւ ես խփել՝ ուրեմն ընկերոջդ մեջքը գետնով տվիր, նրան ամոթահար արիր:

«Որսկան» Վանոն որսորդական բոլոր կանոններից միայն այդ մեկը լավ յուրացրեց:

Եվ երբ Գալոյի սպանած եղնիկը շալակին հպարտ-հպարտ քայլում էր Աբովյան փողոցով, ծանոթների այն հարցին, թե ո՛վ է սպանել, պատասխանում է լուրջ ու խորհրդավոր դեմք ընդունելով.

— Ասվիլ չի, որսորդական գաղտնիք է...

1934

ՀԱՎԱՏՐԻՄ ԸՆԿԵՐՍ

1

Հրացանը ձեռքիս պատրաստ բռնած իջնում եմ բլրի քարքարոտ լանջով:

Ներքևում փռված է կապուտակ ու ծիծաղուն Այրր լիճը:

Եղեգնուտում բադեր երևացին: Սկսեցի զգուշությամբ առաջ գնալ, բայց Ջանգին՝ իմ որսի շունը՝ ինձ մատնեց. բադերն իսկույն ռասկացան, որ ես որսկան եմ: Հենց որ հրացանս մեկնեցի՝ ճղճղոցով թռան: Բայց ո՛ւր պիտի փախչեն. կոտորակը ռասավ նրանց ետևից և բադերից մեկը մնաց ջրի երեսին ու թևերը թափահարելով սկսեց տարուբերվել:

Զանգին թեև շատ փոքր էր ու դեռ կարգին լողալ չգիտեր, բայց ուրախության կլանչներ արձակեց և ջուրը նետվեց:

— Զա՛նգի, Զա՛նգի...

Բայց նա ուշադրութիւյուն չդարձրեց ու սկսեց լողալ, դունչը ջրից վեր ցցած: Ափին մի նավակ կար, նստեցի ու թիավարեցի:

— Զա՛նգի, դե՛սը, Զա՛նգի,— կանչում եմ ես: Ուզում եմ հասկացնել, որ դեպի իմ կողմը լողա: Բայց նա ջրի հետ կռվելով դեպի բադն է շարժվում:

Երբ ես մոտեցա, շունն արդեն վերջին ուժերն սպառած՝ սուզվեց ջրի տակ... Բադը փռված էր երկու-երեք քայլաչափ նրանից հեռու: Ափսոսացի կորուստիս համար և գլխիկոր նստեցի նավակի հատակին: Հենց այդ վայրկյանին Զանգին երևաց ջրի երեսին, ղլղլացրեց, վերջին անգամ թույլ-թույլ շարժեց ոտներն ու հասնելով բադին, բերանով բռնեց նրա ոտներից: Բադն իր թեթև փետուրներով իմ թեթև շանը կարող էր մի պահ լճի երեսին պահել, բայց ջուրն սկսեց լցվել նրա բաց բերանը: Նա խեղդվելով սկսեց ցած իջնել և բադն էլ հետը ջրի խորքը քաշել:

Ես այնպես ուժեղ թիավարեցի, որ նավակը ոստնեց և ջուրն արագ պատռելով շանը հասավ այն ժամանակ, երբ միայն բադի գլուխն էր երևում: Բռնեցի թռչնի կտուցից ու կամաց վեր քաշեցի: Զանգին բերանից օդի պղպջակներ արձակելով, դեռ ամուր կախված էր բադի ոտներից:

Երբ իմ որսը ջրից հանեցի, դուրս եկավ նաև Զանգիի գլուխը: Լոշտակ ականջներից վեր քաշեցի ու պառկեցրի նավակի հատակին: Նա աչքերը խփած արագ-արագ շնչում էր:

Էլեկտրական ջրհանում աշխատող բանվորները աղմուկով դեպքի վայրը հասան, Զանգիին ափ հանեցին, կախեցին գլխի վրա, ջուրը քչքչալով սկսեց փորից դուրս թափվել։

— Փրկվե՛ց, էլ բան չկա,— հուսադրեց ինձ ջրհան կայանի վարպետ Սամսոնը։

Շունն սկսեց դողալ, ծնոտները կափկափում էին։ Ես նույնպես ամբողջովին թրջված էի։

— Տղե՛րք, մի թեժ կրակ արեք,— կարգադրեց վարպետ Սամսոնն ու բաղը վերցնելով, հարցրեց.

— Հը՞, բմբուլը քամուն չտա՞նք...

— Խնդրեմ,— պատասխանեցի ես ու սկսեցի շորերս մզել։

Թեժ կրակի մոտ նստած ես չորացնում էի շորերս ու մտածում, թե ի՛նչ համառ որսորդ է այս կենդանին, կյանքը կտա, բայց որսը ձեռքից բաց չի թողնի...

Բայց հաջորդ օրը պարզվեց, որ Ջանգին ոչ միայն լավ որսորդ է, այլև լավ ընկեր։

2

Լույսը նոր էր բացվել, երբ վարպետ Սամսոնը ձայն տվեց.

— Քաղաքացի ախպեր, ճաշ դառավ, վեր կաց...

— Էնիկ օրդկները երազում կփրթի,— ծաղրեց գյումրեցի մի բանվոր։

Վեր թռա, հագնվեցի ու Ջանգիի հետ դուրս եկանք բարաքից։ Տաք աղբյուրների ակունքներում, գետի ափերին, վայրի բադերը եռանդուն ետ էին տալիս տիղմը, քրքրում էին մամուռներն ու կեր ճարում։

Ջկնկուլը երբեմն թափով խփում էր ջրին, վայրկենապես դուրս բերում ձկնիկն ու փայլեցնում արեգակի առաջին շողերի տակ։

Եղեգնուտներում վայրի թռչունները ճղճղոց էին բարձրացրել։

Քրդական խրճիթների արանքով մոտենում եմ գետին։

Պատանի հովիվը, որ շվշվացնելով, չարաճճի այծերին հայհոյելով, ֆերմայի հոտը դուրս էր անում գոմից, ինձ նկատեց ու զարմացած նայեց:

— Ինչ ես կուչ-կուչ անում, տո՛,— հարցրեց նա քրդերեն:

Ձեռքով նշան արի. լռեց ու սկսեց հետաքրքրությամբ նայել:

Հաստ մի քարի, կուչ եկա նրա հետևում և հարմար առիթի էի սպասում կրակելու:

Խելացի շունը փորսող տալով առաջ եկավ, թաք կացավ ոտներիս մոտ և սկսեց անհամբերությամբ մեկ բադերին, մեկ ինձ նայել:

Հրացանը մեկնեցի ու հենց ուզում էի կրակել, մեկ էլ հետնիցս դղրդյուն լսվեց. դինամիտով ժայռ պայթեցրին: Աղբյուրներից, եղեգնուտներից ու գետի կղզյակներից բադերը սարսափահար թռան և օդը լցրին աղմուկով:

Կրակեցի:

Երկու բադ ցած ընկան, մեկը՝ եղեգնուտը, մյուսը՝ ուղղակի գետի մեջ:

Ջանգին վազեց եղեգնուտի կողմը: Երևի գետի միջինը արդեն մերն էր համարում, չէր ուզում մյուսը ձեռքից բաց թողնել:

Բադը շատ մոտ էր ափից. կռացա. հրացանս մեկնեցի՝ չհասավ:

Քիչ էլ առաջ գնացի, կանգնեցի մի փոքրիկ քարի, հրացանիս ծայրը հասցրի բադին և հենց իրանս մի քիչ առաջ մեկնեցի, քարը խրվեց ցեխի մեջ, և ես, կորցնելով հավասարակշռությունս՝ ջուրն ընկա:

Էլ չիմացա ինչ եղավ: Հիշում եմ, որ բերանս լցվեց ջրով ու սկսեցի դլդլացնելով արագ իջնել խոր հատակն ու հեռանալ ափից:

Զգացի, որ մեկն ուսիցս բռնեց ու վեր քաշեց: Ձեռքերս ու ոտքերս ուժեղ շարժեցի, դուրս եկա ջրի երեսը. Ջանգին է, ատամները խրել է շորերիս մեջ ու դեպի ափ է քաշում ինձ:

Խեղճը փոքր էր, շուտ հոգնեց, բայց մի քայլաչափ մոտեցրեց ափին:

Լողալ չգիտեի, շորերս թրջվել ու խիստ ծանրացել էին: Նորից իջա ջրի տակ և ինձ հետ ցած տարա իմ խեղճ Ջանգիին: Նա սկսեց խեղդվել, բայց ինձ բաց չթողեց, իսկ ես նրան ցած էի տանում իմ ահագին ծանրությամբ: Խեղդվում եմ, բայց հրացանը պինդ պահել եմ ձեռքիս:

Մեկ էլ զգացի, որ շունը ինձ թաց թողեց ու բարձրացավ ջրի երեսը: Հետո իմացա, որ բռնել է հրացանի փոկից ու սկսել է լողալ դեպի ափ:

Նա արդեն ամուր հողի վրա կանգնած, ինչքան ուժ ուներ, քաշում էր փոկից: Ոտներով մի անգամ էլ խփեցի ջրին և հասնելով ափ, ուժասպառ ընկա տիղմի վրա: Շունը վազեց դեպի մոտակա տունը և դռան առաջ սկսեց հաչել: Չանցած մի քանի րոպե, Ջանգին վազելով վերադարձավ, իսկ նրա ետնից՝ հովիվ պատանին, որն ինձ տեսնելով սկսեց գոչել.

— Մստո՜, կո՜ւռո որե՜, կուռո որե՜...

Մստոն նրա ընկերներից էր: Նրանք ինձ տարան ֆերմայի հովիվներին հատկացված բնակարանը: Ջանգին վազեց գետափ ու բերեց սպանված բադը:

Հավաքվեցին ֆերմայի աշխատողները, մեկը կրակ վառեց, մյուսը՝ թաղիք փռեց գետնին:

Ինձ պառկեցրին թաղիքի վրա, ապա փորս տնտղելուց հետո մի հասակավոր քուրդ գոչեց.

— Տղան տկճոր է դարձել, գլխի վրա կախեցեք:

Կախեցին՝ ինչպես երեկ Ջանգիին էինք կախել, և փորիս ջուրը դատարկվեց:

Երբ մի քիչ ուշքի եկա, գրկեցի իմ հավատարիմ ընկերոջ գլուխը: Նա հասկացավ, ձեռքերս լիզում էր և մտերմաբար շարժում պոչը:

Եկավ և վարպետ Սամսոնը, թավ բեղերի տակ ժպտաց ու նկատեց.

— Հ՜ը, մեր տղա, քեֆդ լավ չի երևում: Ապա շոյեց շանս գլուխն ու մտախոհ՝ ասաց.— Մարդ սրա նման հավատարիմ ընկեր ունենա՝ էլ ինչ դարդ կունենա աշխարում...

1934

ՌՈՒՐՈՒՐԻ ԲՈՒՅՆԸ

Մի տարի մեր գյուղը գնացի։ Մինչ մայրս օջախում կարտոֆիլ էր խորովում ինձ համար, ես բարձրացա գյուղի վերևի բլուրը, ուր սևին տվող ցելերում հատիկ էին ուտում թռչունները։

Քայլում եմ դեպի ցելերը և խոր բավականությամբ շնչում գարնան երեկոյի բույրը, ձմռան քնից զարթնած մայր հողի բույրը, և լսում թփերում թառող թռչունների ախորժալուր ճռվողյունը։

Մեծ ճանապարհին փոշու ամպ բարձրացնելով հանդից վերադառնում է գյուղի նախիրը։ Կայտառ ցլիկներն ու երինջները տրտինգ են տալիս, կռվի բռնվում իրար հետ, խաղում։

Նախրի հետևից քայլում են մի քանի երեխաներ, նրանց ձեռքերին մանուշակի ու լալազարի «խաչ-փնջեր» կան, իսկ փափախների վրա ադամանդների պես պսպղում են լուսատտիկները։ Ամենից վերջը քայլում է մեծ փափախով, միջահասակ մի մարդ, նա իր հետևից հաճարենու մի չոր ճյուղ է քարշ տալիս։

Մոտեցա, խոսեցնում եմ.

— Երեխե՛ք, իսկի կարողանո՞ւմ եք ագռավի բներ քանդել։

— Պա՛հ, էդ ո՞ւ ե՞ս... Այ բարո՛վ, հազար բարո՛վ,— անակնկալի եկավ փափախավոր մարդը և իր կոշտ ձեռքով ամուր սեղմեց մայրաքաղաքացու իմ փափուկ ձեռքը։

Հոտաղ երեխաները շփոթված կանգնած են, նրանցից մեկը բլուզի թևով սրբեց քիթը, իսկ մյուսը՝ գունատ ու նիհար մի տղա, ամաչելով ինձ մեկնեց լալազարի փունջը։ Նրանք ինձ չեն ճանաչում և, հավանաբար, դեռ ծծկեր էին, երբ ես հեռացա հայրենի գյուղից։ Իսկ փափախավոր մարդու՝ Ակոփի հետ մի քանի տարի տավար եմ պահել։ Ինչպիսի՜ անհամբերությամբ էինք մենք սպասում գարնան բացվելուն, որ ագռավի բներից ձվեր հանենք ու գլորենք թավիշ կանաչի վրա...

— Ճիշտն ասա, իսկի մեր ջահելությունը հիշո՞ւմ ես, թե քաղաք գնացիր՝ մեզ մոռացար,— հարցնում է Ակոփը:

— Ո՜նց չեմ հիշում... հիշում եմ ու տխրում... Մեր սարերին շատ եմ կարոտում, շա՜տ...

— Է՜, դու էլ կարոտելու բան ես գտել:

— Դուք ձեր բնության գեղեցկությունը չեք զգում, որովհետև նրա մեջ եք: Ես էլ առաջ էդպես էի: Բայց երբ գնացի Դարալագյազի ղըռերը տեսա, երբ Էջմիածնի մոծակները վրա տվին ու շոգը զոռեց, նոր հասկացա, թե ի՜նչ աննման բնություն է ունեցել մեր Դիլիջանը:

— Բա ինչի՞ գերանդին Ավելուկ-ուրթումը վեր գցեցիր, փախար Երևան,— հարցնում է Ակոփը, խուզարկու նայելով ինձ: Երևի կարծում է, թե իրեն մխիթարելու համար եմ գովում իրենց երկիրը:

— Դե էն ժամանակն ուրիշ էր, հիմի՝ ուրիշ... Դու էն ասա, մի՞տդ է ձվերը,— խոսքս փոխում եմ ես:

— Դեռ խոսում էլ ե՞ս, էն ի՞նչ դրիր իմ գլխին, որ մտիցս ընկնի,— ծիծաղելով պատասխանում է նա ու փափախը վերցնելով գլուխն է ցույց տալիս:

— Տե՞ս, դեռ տեղը մնում է...

Սև ու փայլուն մազերի մեջ մի ճերմակ սպի կա՝ մեր գիժ մանկության հետքերից մեկը: Այն ժամանակ այս բրդոտ ու կոպիտ մարդը կարմրաթշիկ և կենսուրախ մի պատանի էր:

Այնտեղ, ուր վերջանում է անտառը և սկսվում են լեռնային արոտները, փռվում ու հանդարտ արածում էր գյուղի նախիրը, իսկ մենք մագլցում էինք կաղնիների կատարը ու ագռավի պուտ-պուտ կապտավուն ձվեր էինք հանում: Անտառը լցվում էր ագռավների կռկռոցով, ով էր ուշադրություն դարձնողը:

Մի անգամ էլ մի մեծ կաղնու կատարին ահագին բույն տեսանք և իսկույն հասկացանք, որ ագռավի չէ:

Ասի.

— Ակո՛փ, բարձրացիր:

Դա, թե.

— Էդ խելքին քա՞նի ախպեր եք... Թե լավ է, դո՛ւ բարձրացիր: Ասի.

— Ի՞նչ վախկոտն ես, տո՛:

Դա թե.

— Բա որ դու սրտոտ ես, ինչի՞ չես բարձրանում. էնտեղ իսկի սատանան էլ չի հասնի:

— Տո սարսաղ,— սկսեցի համոզել ես,— իսկի հասկանո՞ւմ ես, որ վայրի սագի բույն է... Հիմի մեջը լիքը սպիտա՛կ ձվեր են, ամեն մինը գլխիդ չափ: Զատիկը գալիս է՝ կեփենք, կներկենք,— կշրխկացնենք... Իսկի Միխակի ձութած ձվերն էլ չեն դիմանա դրանց, բոլորն էլ կջարդենք-կտանենք:

Ինչ սագ, ինչ նան, փչում էի:

Այդ հեռանկարից Ակոփը սկսեց տատանվել: Իր ժամանակով ով տավարած է եղել, կիմանա, թե մենք ինչպիսի անհամբերությամբ սպասելիս կլինեինք զատկին՝ ձու կռվեցնելու այդ երանելի օրերին, և կիմանա, թե ամուր ձուն ինչ գին կունենար տավարած պատանու աչքում:

— Ասում ես դազի ձուն էդպես պի՞նդ է որ,— միամտորեն հարցրեց Ակոփը:

— Բա՛, էն էլ ո՛նց... Արճիճ լցրած ձուն ի՞նչ է նրա դիմաց,— փչեցի ես:

Նա գլուխը քորեց, նայեց ծառի բարձր կատարին, տատանվեց, ապա թքեց ափերի մեջ ու սկսեց մագլցել:

— Բայց քո բաժնից մինը ինձ կտաս,— վերևից ձայն տվեց նա:

— Դու բե՛ր, հետո հեշտ է, մի բան կանենք...

Ակոփն անտառի զավակ էր: Նա վայրի կատվի նման արագ ու թեթև մագլցեց, հասավ ծառի կատարը, ձախ ձեռով բռնեց փափախը, աջով բնից մի ճերմակավուն ձու հանեց, խփեց ատամներին ու հրճվանքով բացականչեց.

— Պա՛հ, քո տերը չմեռնի, ձու հո չի, իսկական դոշի

ճակատ է: Դե հիմի թող լոպազ Միխակը գա, տեսնենք ում մերը լաց կլինի...

Ու սկսեց ձվերը մեկիկ-մեկիկ բնից հանել ու տեղավորել փափուկ փափախի մեջ:

Ես ներքևում ուրախությունից գլուխկոնծի տվի, մեկ էլ հանկարծ թևերի աղմուկ լսվեց և ահագին մի ուրուր ամպերից նետվեց ընկերոջս վրա:

— Վա՜յ, նանի ջան, ինձ կերավ,— գոռաց Ակոփն ու մի ձեռով սկսեց պաշտպանվել: Գազազած թռչունը իր հզոր ճիրանները խրեց տղայի ուսը և կեռ կտուցով սկսեց հարվածել նրա բաց գլխին: Ակոփը հովազից բռնված կապկի ձագի նման ճղճղաց, իսկ ես ներքևում հարայ-հրոց եմ բարձրացրել, դեպի վեր փայտի կտորներ եմ շպրտում, որ ընկերոջս ազատեմ:

Թռչունը տեսնելով, որ տղան ձվերը բնի մեջ չի դնում, իր ապագա ձագերին փրկելու համար կյանքի ու մահվան կռիվ սկսեց իր թշնամու դեմ: Նա բարձրացավ ամպերը, նոր թափ առնելու համար, իսկ ես ձայն եմ տալիս.

— Վեր արի, Ակոփ ջան, լաց միըլի, վեր արի:

— Բա որ էլի գա, ձվերն ի՞նչ անեմ,— արցունքի միջից հարցրեց նա, ամպերին նայելով:

— Որ գա, դու ձվերը պինդ պահի, մնացածը հեչ,— խրախուսեցի ես:

Ուրուրի ձու է, է՜, մասխարություն չի, ո՞ր հավի ձուն կդիմանա նրան,— մտածում եմ ես, սրտատրոփ վեր նայելով, իսկ Ակոփը մի ձեռքով փափախը բռնած, մյուսի օգնությամբ խուճապով իջնում է: Դեռ ծառի կեսը չէր հասել, երբ ուրուրը ամպերից ուժ առած ցած նետվեց և ռումբի նման խփվեց ընկերոջս: Հարվածին հաջորդեց, աղիողորմ մի ճիչ, ձվերը ճյուղերին դիպչելով ջարդվեցին, կճեպները ցած ընկան, իսկ լպրծուն պարունակությունը կախկխվեց տերևներից: Իր մոթալ փափախի հետ գլխի վրա ցած եկավ նաև իմ ընկեր Ակոփը: Ընկավ, զրխկաց, լռեց ու կապտեց:

— Վախես ոչ, Ակոփ ջան, ես էստեղ եմ, վախես ոչ,—

սարսափած գոռացի ես: Էլ ինչ «վախես ոչ», տղեն ձեռից գնացել է: Փափախը վերցրի, վազեցի ձորը, թրջեցի առվում ու բերի մզեցի ուշաթափվածի գլխին. Որ ջուրը գլխին լցրի, Ակոփը աչքերը ճպճպացրեց, ու դողդողացող շրթունքները արտաասանեցին.

— Էս ինչ էր... Էս ո՞րտեղ ենք...

Սսի.

— Որտեղ որ ենք, ես քեզ հետ եմ, վախես ոչ...

Ասում եմ, բայց ինքս վախից դողում եմ:

- Ակոփի գլուխը պատռվել էր: Հին կրակատեղից մի պտղուց մոխիր բերի, լցրի վերքի վրա ու բաշլուղովս պինդ փաթաթեցի:

Ակոփը հիմի այդ վերքի տեղն էր ցույց տալիս ինձ:

— Ափսո՛ս մեր ջահելությունը... անց կացավ...— տխուր ասաց նա՝ գլուխը ծածկելով:

1935

ԱՐԱԳԻԼԸ

1

Քույրս իր ընտանիքով տեղափոխվեց Երևան՝ ես էլ հետը:

Առաջին անգամ էի քաղաք տեսնում: Բայց ի՜նչ քաղաք, ծուռումուռ փողոցներով մի խոշոր գյուղ էր դա: Ո՞ւր էին այսօրվա հոյակապ շենքերը, վիթխարի գործարանները, ասֆալտապատ փողոցները, գեղեցիկ զբոսարանները: Այսօրվա տրոլեյբուսների փոխարեն էշերն էին երթևեկում՝

կողովներ բարձած, իսկ տրամվայի տեղ՝ ձիաքարշ մի վագոնիկ էր: Տներն իրարից հեռու էին, շրջապատված կավե պարիսպներով, իսկ ներսում մի քանի թթի և դեղձի ծառեր, որոնց տակն ընկած պտուղներն էին կտցահարում բակում վխտացող հավերը:

Շոգ էր ու փոշի, ա՜խ, ուր մնացին մեր զով սարերը, շնկշնկան հովերը, ծաղկոտ «ուրթերը»...

Միայն Մասսի վեհ տեսքն էր գրավում ու մխիթարում ինձ այդ անհրապույր քաղաքում:

Ես նրան տեսնում էի կամ ճերմակ ամպերի ապարոշը գլխին փաթաթած, կամ պարզ ու կապույտ երկնքում իր ալեհեր գլուխը վեհորեն պահած լուռ մտածելիս...

Մի ուրիշ բան էլ էր գրավում ինձ Երևանում. դրանք երկնասլաց բարդիներն էին և նրանց վրա թառած արագիլի բները: Մեր լեռնոտ երկրում ոչ բարդի կար, ոչ արագիլ: Եվ երբ արագիլները եռանկյունի շարք կազմած մեր սարերի վրայով հյուսիսից չվում էին դեպի հարավ, ես անձկությամբ նայում էի նրանց ու մտածում. «Տեսնես որտե՞ղ են բույն շինում այս թռչունները...»:

Ահա և նրանք՝ իրենց ահագին բներով: Ես հացի փշրանք էի շաղ տալիս բարդու տակ ու հեռվից դիտում էի գաղտագողի: Արագիլները ցած էին իջնում ու հավաքում: Ինչ հանդարտ թռչուններ են, կարծես ընտանի լինեն: Մարդ բարձրանա ծառն ու նայի սրանց բնի ներսը. երևի ձվերը ուրուրի ձվերից էլ մեծ լինեն: Այն ձվերից, որ իմ ընկեր Ակոփը կաղնու կատարից ուզեց ցած բերել: Այսպես մեղավոր մտքեր էին ծագում իմ գլխում...

Բայց երևանցի իմ նոր ընկերը՝ մեր հարևանի որդի Աշոտը, ինձ զգուշացրեց.

- Արագիլի ձվերը մտքիցդ հանիր: Սրանց այսպես խաղաղ մի տեսնի, ձվերին ձեռք տվիր՝ ահագին կտուցներով գլուխդ կջարդեն, ծառից վեր կգցեն...

Հիշեցի իմ ընկեր Ակոփին, թե ինչպես չդիմացավ մայր

ուրուրի հարձակմանը ու ծառի կատարից ցած գլորվեց: Հիշեցի ու հավատացի Աշոտին:

Չէ՛, դժվար բան է մայր թռչունի հետ գործ ունենալը, այն էլ արագիլի հետ, որ մի քլունգի չափ կտուց ունի...

2

Աշոտի հետ շատ մտերմացանք:

Մենք ձորն էինք իջնում, ուր փրփրում էր Զանգուն, ձուկ էինք որսում, լողանում էինք ու պառկում գետափի սալ քարերին, իսկ երեկոյան հովին վերադառնում էինք տուն ու խաղում նրանց բակում:

Այդտեղ, Զանգվի ափին, ուղղահայաց վեր ելնող ժայռերի գլուխը տափարակ է և ծածկված մրգատու ծառերով: Այգու մի անկյունում այժմ էլ կա այն փոքրիկ քարաշեն տունը, ուր մի ժամանակ ապրում էր Աշոտի հայրը՝ գյուղատնտես Կարապետ Այվազյանը: Այժմ էլ այդ տան առաջ կողք-կողքի կանգնած են երկու բարակիրան ու երկնասլաց բարդիներ՝ երկվորյակ քույրերի նման:

Այդ բարդիներից մեկի վրա ամեն գարնան նորոգում էին իրենց բույնն ու ձագեր հանում երկու արագիլներ:

Նրանք այնքան էին ընտելացել, որ բակում հավերի, շան, կատվի և երեխաների հետ ման էին գալիս իրենց արտասովոր երկար ոտներով և կտցահարում էին հավերին ու խլում նրանց կերը:

-Ձու դնելուց հետո նրանցից մեկը մնում էր բնում, տաքացնում էր ձվերը, իսկ մյուսը գնում էր կեր գտնելու իր և ամուսնու համար:

Ձագեր հանելուց հետո նույնպես ամուսինները հերթով մնում էին բնում, որպեսզի բազեն կամ օձը փոքրիկներին չտանեն, և կամ չսրաձձիները բնից վայր չընկնեն:

Անչափ զվարճալի ու հետաքրքրական էր ձագերի թռչել

սովորելը: Այդ օրերը մեզ համար տոն էր ու ցնծություն: Մեկ էլ տեսար արևածագի հետ հայր արագիլը կանգնեց մի ոտքի վրա, կոշտ ձայնով «կափ-կափ» արավ, կտուցով հրեց ձագերին, զգաստացրեց և բնից ուղղահայաց մի քանի մետր վեր բարձրացավ: Իր ահագին թևերը շարժելով ու խրախուսական «կափկափոցով» նա դեպի վեր էր հրավիրում ձագերից ամենից ուժեղին:

Հրապուրված ձագը վիզը երկարում էր, ձգվում, թույլ ու նորաբույս թևերը շարժում, բայց ներքևի անդունդը տեսնելով, սիրտ չէր անում թռչելու: Հայր արագիլը իջնում էր բնի վրա, իր թռչնային լեզվով նորից էր քաջալերում զավակին և թռչում էր բնից ուղղահայաց, ոչ շատ բարձր: Ձագը նորից էր թովռում տեղում և ձգտում դեպի վեր:

Մի քանի փորձերից հետո վերջապես նա կտրվում էր բնից, մեկ-երկու ոտնաչափ վեր բարձրանում, օդում արագ-արագ թափահարում թևերն ու հոգնելո՞վ, թե՞ վախից, նորից ընկնում բույնը:

Երեխաները ներքևում ուրախության ճիչեր էին արձակում:

— Հայրիկ, ինչո՞ւ արագիլը ձագին միշտ բնի ուղղությամբ է վեր կանչում,— մի անգամ հարցրեց Աշոտը:

Այդ պահին ձագը, որ մի մետրաչափ բարձրացել էր օդում, թպրտաց և նորից ընկավ ցած՝ ուղիղ բնի մեջ:

— Հիմի հասկացա՞ր,— հարցրեց հայրը:

Մյուս օրը փորձերը շարունակվեցին: Ձագի թևերը բավական վարժվել էին, նա հինգ-վեց մետր վեր էր բարձրանում և նորից իջնում բնի մեջ:

Այնուհետև հայր արագիլը սկսեց այսպիսի փորձեր անել, այս անգամ հորիզոնական թռիչքով մի քանի մետր հեռացավ և պտույտ գործելով վերադարձավ: Ձագը վիզը բնից դուրս երկարած՝ ահով մեկ հորն էր նայում, մեկ ժայռերի տակ վշվշող Ձանգվին: Հասկացել էր, որ այս անգամ պետք է հորիզոնական թռչի և ցած ընկնելու դեպքում այլևս փրկություն չկա: Տեսնելով, որ ձագը տատանվում է, հայր արագիլը վճռեց խրախուսել նրան: Թռավ, գնաց Զանգվի ափը և այնտեղից մի չաղլիկ գորտ կտցին վերադարձավ, կանգնեց դիմացի ճյուղին ու սկսեց այդ համեղ պատառով դեպի ինքը գրավել ձագին: Ճուտերը լայն բաց արին իրենց կտուցները և վիզները առաջ մեկնեցին: Եվ ահա ամենից ուժեղը (գուցե և ամենից բկլատը) բնից դուրս թռավ՝ հայացքը գորտին հառած: Ներքևում մենք շունչներս պահեցինք: Ձագը հասավ, հոր կտուցից հափշտակեց գորտը և պտույտ գործելով վերադարձավ բույնը: Քույրերն ու եղբայրները ուրախության ձայներով դիմավորեցին նրան և փորձ արին խլել ավարը, բայց սա իսկույն իր պատառը կուլ տվեց:

Մայրը կտուցով հարդարում էր իր խիզախ ձագի փետուրները, շոյում նրան և մեղմ «կափկափյունով» իր սերն ու մայրական գորովանքը հաղորդում: Ձագի հաջորդ շրջանը ավելի մեծ դուրս եկավ, չորրորդը՝ ավելի մեծ, իսկ հինգերորդին նա մի կալի չափ շրջան գործեց:

Այդ ձևով հայրը թռչել սովորեցրեց նաև մյուս ձագերին, և երբ բոլորն էլ կալի չափ շրջան էին գործում, արագիլ ամուսինները առաջ ընկան, իսկ ձագերը նրանց հետևից շարք կազմեցին ու այդպես թափորով պտույտ գործեցին և վերադարձան իրենց բույնը:

Այնուհետև ամեն առավոտ, արևածագի հետ միասին, սկսվում էին խմբով թռչելու վարժությունները: Այս անգամ ծնողներն իրենց ձագերին արդեն տանում էին Զանգվի ստորին հոսանքի ճահիճները:

3

Թռչելու վարժությունները գրեթե միշտ էլ հաջողությամբ էին անցնում: Ճոզատար ծնողներն իրենց ձագերին թռչելու էին հանում միայն այն դեպքում, երբ համոզված էին լինում, որ նրանց թևերը բավական ամրացել են: Միայն մեկ անգամ, ձագերից մեկը, որ բնականից մի թույլ արարած էր, թռիչքի ժամանակ ցած ընկավ՝ բարեբախտաբար խոտի չորկույտի վրա: Տանտիրոջ կատուն վրա հասավ, որ հափշտակի անօգնական արարածին, բայց այդ պահին արագիլ ծնողները սլացան դեպի իրենց ձագը, մայրը ճչալով իր թևերը փռեց նրա վրա, իսկ հայրը հուժկու կտուցով բռնեց կատվի վզից, բարձրացրեց մինչև բարդու կատարը և այնտեղից նետեց Զանգվի ձորը... Լավ էր, կատուն զարնվեց ջրին և ուշքի գալով՝ լողաց-անցավ գետը:

Այնուհետև նրա մտքովն անգամ չէր անցնում մոտենալ արագիլի ձագերին:

Մի անգամ էլ այսպիսի դեպք պատահեց:

Բակում աղմուկ էր բարձրացել, շունը հաչելով վազում էր ինչ-որ սև պարանի հետևից, հավերը վզներն առաջ մեկնած՝ կչկչում էին սարսափահար, կատուն թաթով խփում էր և մլավոցով ետ ցատկում: Իսկ «պարանը» գալարվելով, ֆշշոցով առաջ էր շարժվում դեպի բարդին: Վերջապես նա փաթաթվեց ծառին և սկսեց վեր սողալ: Մենք տեսանք, թե ինչպես արագիլի ձագերը գլուխները բնից հանած՝ ճչում են տագնապահար: Աշոտը բահը վերցրեց և առաջ վազեց: Այդ պահին վերևից կարծես երկնաքար ընկավ: Իր ձագերին պաշտպանելու բնազդը այդ խաղաղ թռչունին լեռնային արծվի ուժ և ցասում էր հաղորդել: Վար խոյացավ, կտուցով հարվածեց օձի գլխին, ապա պոչից բռնելով՝ թռավ դեպի ամպերն ու այնտեղից իր թունավոր թշնամուն նետեց Զանգվի սուր-սուր ժայռերի վրա...

Եվ երբ սողունը ջախջախված էր, արագիլը նրա մսով կերակրեց իր ձագին:

4

Ամեն աշնան արագիլները չվում էին տաք երկրներ, և կարծես այգին դատարկվում էր ու թաղվում տխրության մեջ:

Թե՛ գյուղատնտեսի երեխաները և թե՛ բակի կենդանիներն այնպես էին ընտելացել արագիլների խաղաղ հարևանությանը, որ նրանց չվելուց հետո թախիծով էին նայում Արաքսի հովտին, դեպի ուր թռչում անհետանում էին իրենց սրտին այնքան մոտ թռչունները, իրենց սիրուն ձագերով:

Եվ ամեն անգամ, երբ բույնը դատարկվում էր հինավուրց բարդենու վրա, և երամն անհետանում էր աշնանային գորշ հորիզոնում, գյուղատնտեսը երկա՜ր-երկար նայում էր դեպի հարավ ու մտածում. «Տեսնես որտե՞ղ են ձմեռում մեր արագիլները... Տեսնես մեզ նման ուրիշ մարդ-բարեկամ էլ ունե՞ն...»: Իր սիրած թռչունների հետ նա հոգով թևածում էր դեպի հարավ, դեպի Բելուջիստանի տաք ճահիճները և էլ ավելի ցած՝ Հնդկական օվկիանոսի որսառատ ափերը, ուր հարյուրամյա փիղը անգամ իր ողջ կյանքում ոչ մի փաթիլ ձյուն չի տեսել, և ուր գետերը լի են կոկորդիլոսներով ու գետաձիերով, եղեգնուտները՝ վագրերով, իսկ անտառը՝ փղերով ու կապիկներով...

Մի անգամ էլ ծեր գյուղատնտեսը մի պղնձյա տուփ պատրաստել տվեց և անգլերեն ու ֆրանսերեն լեզուներով գրեց հետևյալ երկտողը.

«Հարգելի անծանոթ պարոնն՛ր.

Գրաբերս մեր ընտանիքի բարեկամն է: Նրա բույնը գտնվում է իմ տան առաջ, հինավուրց բարդու վրա, Հայաստանի Երևան քաղաքում: Ինձ և իմ ընտանիքին անչափ հետաքրքրում է, թե որտե՛ղ և ինչպե՛ս է անցկացնում իր ձմեռը մեր ընտանիքի բարեկամը: Խնդրում եմ պատասխանեք:

Գյուղատնտես՝ ԿԱՐԱՊԵՏ ԱՅՎԱԶՅԱՆ, Երևան քաղաք»:

Նա երկտողը դրեց տուփի մեջ, հանձնեց ինձ ու Աշոտին և պատվիրեց.

— Բռնեցեք մեկին ու այս տուփը կապեցեք ոտքից:

Կուտ ցցեցինք, հացի կտորներ թափեցինք ծառի տակ, մեղմությամբ ու փաղաքշանքով մոտեցանք և շատ փորձերից հետո վերջապես հաջողվեց բռնել հայր արագիլին:

Մի քանի օր հետո մեր բարեկամները չվեցին տաք երկրներ:

Այդ ձմեռը շատ երկար թվաց ինչպես գյուղատնտես Այվազյանի ընտանիքի, այնպես էլ ինձ համար: Բոլորս էլ անհամբեր սպասում էինք գարնանը:

Արաքսի հովիտը թռչունների համար այն ճանապարհն է, որ Հնդկական տաք օվկիանոսը կապում է հեռավոր հյուսիսի Սառուցյալ օվկիանոսին:

Գարնանամտին, ամեն առավոտ մենք բարձրանում էինք կտուրը և անձկությամբ նայում դեպի հարավ, Արաքսի գորշ հովտին ու մշուշապատ Արարատին:

-Մի օր էլ, երբ Զանգվի ձորում գարնան առաջին շունչն էր խաղում, երեխաները ձեռքներն իրար էին զարկում, ոստոստում էին ժայռերի վրա ու երգում.

Արագիլ, բարով եկար,
Ջան արագիլ, բարով եկար,
Դու մեզ գարնան նշան բերիր,
Մեր սրտերը ուրախ արիր...

Ծեր բարդենին նույնպես ուրախությունից դուրս էր հանել իր մատաղ տերևների ծայրերը փքված բողբոջների միջից. նրան այցի էին եկել իր թանկագին հյուրերն ու սկսել էին կարկատել իրենց հնամենի բույնը:

Կարապետ Այվազյանը նախ գոհունակությամբ փառք տվեց մայր բնությանը, որ իր երկու բարեկամներն էլ ողջ են վերադարձել փորձանքներով լի իրենց ճամփորդությունից, ապա հետևելով նրանց համերաշխ աշխատանքին, շշնջաց. «Ինչպես են իրար օգնում այս անլեզու արարածները...»:

Այնուհետև հացի կտորներ գցեց գետնին ու հրավիրեց իր հյուրերին: Նրանք, սկզբում վարանոտ քայլերով, ապա հետզհետե սիրտ առնելով, մոտեցան: Արու արագիլի ոտքին կապված էր ծանոթ տուփը, բայց կանեփի թելը փոխարինված էր կարմիր պղնձալարով...

— Պատասխանը եկել է,— գոչեց գյուղատնտեսը:

Տնեցիք դուրս թափվեցին: Հետաքրքրությունը համակել էր բոլորին էլ: Նրանք անհամբերությամբ հետևում էին ծեր գյուղատնտեսի շարժումներին, իսկ սա աշխատում էր գրավել ու, բռնել թռչունին:

Այդ օրը չհաջողվեց արագիլին բռնել և տուփն արձակել, բայց մի բան պարզ էր, որ ինչ-որ երկրում, ինչ-որ մարդիկ ստացել են նամակը և ուղարկել նրա պատասխանը:

Հաջորդ ամբողջ օրը մենք Աշոտի հետ զբաղված էինք արագիլին գրավելով: Բայց իր բացակայության վեց-յոթ ամիսների ընթացքում նա բավական օտարացել էր մեզանից և դարձել զգույշ ու վախկոտ: Վարանոտ քայլերով մոտենում էր, կտցում ու ետ ցատկում:

Շատ հնարքներ բանեցնելուց հետո Աշոտին վերջապես հաջողվեց բռնել արագիլին: Նա լարն արձակեց և տուփը հանձնեց հորը: Տուփի մեջ խնամքով դրված էր հետևյալ անգլերեն երկտողը.

«Երևան, Հայաստան, գյուղատնտես Կարապետ Այվազյանին:

Մեծարգո պարո՛ն, ստացանք Ձեր նամակը: Անչափ ուրախ եմ Ձեզ հետ ծանոթանալուս համար: Մի՛ անհանգստանաք ձեր արագիլի վիճակով, նա ամեն ձմեռ հյուր է գալիս մեզ, Հնդկաստանի Կալկաթա քաղաք, հիվանդանոցի բակը, ուր տեղավորված է նաև հայկական կոլեջը: Նա ինձ, գյուղատնտես կնոջս և դպրոցական երեխայիս նույնքան մտերիմ է, որքան և ձեզ: Կինս, օգտվելով Հնդկաստան-Երևան մեր այս օդային հիանալի փոստից, ուղարկում է Ձեզ հնդկական ընտիր ու ազնիվ ծխախոտի սերմ: Ցանեցե՛ք, տարածեցեք ձեզ մոտ և ամեն անգամ ծխելիս հիշեցեք մեզ՝ ձեր հեռավոր ծանոթներին:

Ջոն Ստենլի,

Կալկաթայի քաղաքային հիվանդանոցի գլխավոր բժիշկ»:

Ծեր գյուղատնտեսը շառագունել էր հուզմունքից: Նա պղնձյա տուփից հանեց փղոսկրյա մի շատ փոքրիկ տուփիկ, ազնիվ ծխախոտի սերմով լի:

— Աշոտիկ, ցանիր ջերմոցում և խնամիր,— դարձավ նա որդուն:

Այդ օրը Կարապետ Այվազյանի տանը տոն էր:

Այն ժամանակ Հնդկա-եվրոպական հեռագրական գիծը ձգվում էր Հայաստանի վրայով: Կարապետ Այվազյանը բժիշկ Ջոն Ստենլիի նամակը ձեռքին մտավ փոստ և ուղարկեց հետևյալ հեռագիրը.

«Կալկաթա, Հնդկաստան, քաղաքային հիվանդանոց, միստր Ջոն-Ստենլիին.

Ստացանք Ձեր նամակը, շնորհակալ ենք: Այսօր ցանում ենք ծխախոտի սերմը, շնորհակալություն միսիս Ստենլիին: Մեր բարեկամները ողջ և առողջ վերադարձան և նորոգում են իրենց բույնը:

Սեղմում եմ Ձեր ձեռքը: Կարապետ Այվազյան»:

Ամառը նա հաղորդեց հետևյալ հեռագիրը.

«Այսօր մեզ մոտ տոն է, միստր Ստենլի, արագիլներն իրենց ձագերի հետ միասին կատարեցին առաջին փորձնական թռիչքը՝ դեպի ձեզ չվելու վարժություններ են կատարում»:

Երեք օր անց ստացվեց պատասխան հեռագիրը.

«Պատրաստ ենք ընդունելու մեր թանկագին հյուրերին»:

Ծեր գյուղատնտեսի ուրախությանը չափ չկար: Նրա մռայլ ու տաղտկալի կյանքում արագիլները և կապն անծանոթ բժշկի հետ թարմություն էին մտցրել: Ողջ քաղաքում տարածվել էր արտասովոր լուրը: Մարդիկ՝ ծեր ու մանուկ, հարս ու աղջիկ, խմբերով տեսության էին գնում գյուղատնտեսի արագիլներին: Կատակ չէր, դրանք առաջին օդային կապն էին ստեղծել Հնդկաստանի ու Երևանի միջև:

Աշնանը գյուղատնտես Այվազյանը հերթական նամակը դրեց տուփի մեջ, կապեց արագիլի ոտքից ու բաց թողեց:

«Միստր Ջոն Ստենլի,— գրված էր նամակում,— հիանալի աճեց Ձեր տիկնոջ ուղարկած ծխախոտի սերմը:

Ծխում և օրհնում ենք ձեզ, սքանչելի ծխախոտ է: Ուղարկում եմ մեր բարեկամներին իրենց ձագերով: Խնդրում եմ կերակրեք անհաջող օրերին»:

7

Այդպես, ամեն աշնան հարավ չվելիս արագիլն իր հետ տանում էր Կարապետ Այվազյանի նամակներն ու հաջորդ գարնան բերում բժ. Ստենլիի պատասխանը:

Այդ պատասխաններից Կարապետ Այվազյանը իր պատկերացումն էր կազմել անծանոթ բժշկի մասին: Իր նամակներից մեկում Ստենլին նկարագրում էր հնդիկների կյանքը. «Շատերը հող չունեն,— գրում էր նա,— հողը ռաջաներին է պատկանում: Գյուղացիները վարձով հող են վերցնում ռաջաներից և դառնում նրանց ճորտերը, հարավի կիզիչ արևի տակ վառվելով մշակում են նրանք ընտիր բամբակ՝ Մեծ Բրիտանիայի տեքստիլ գործարանների համար... Քաղաքները լեփ-լեցուն են մերկանդամ, քաղցից ու կարիքից հալածված գյուղացիներով: Չնչին գրոշներով նրանք բարձում ու բեռնաթափում են անգլիական նավերը, աշխատում են նրանց գործարաններում, կամ գործ չգտնելով՝ մուրում են փողոցներում ու գիշերում բացօթյա: Ինչքա՜ն քաղցած մարդ կա իր առատաձեռն բնությամբ հռչակված այս երկրում...

Եվ քաղցից ու հիվանդությունից կոտորվում են հնդիկները՝ հարյուր հազարներով, միլիոններով... Երևի դուք թերթերում կարդում եք, որ իմ հայրենակիցները Հնդկաստան են եկել ժողովրդին «լուսավորելու» վսեմ նպատակով... Ամոթից կարմրում եմ այդ կեղծիքի համար: Ի՜նչ լուսավորություն, երբ իմ ազահ հայրենակիցները փղի մի ժանիքի համար պատրաստ են տասը հնդիկի կյանք խավարեցնել... Շատ բան կա կուտակված իմ սրտում, բայց լեզուս փակ է. ճշմարտությունն ասելու համար արդեն մի ծանր հարված ստացել եմ իմ հայրենիքի «դեմոկրատ» տերերից, ես ցմահ զրկված եմ Մեծ Բրիտանիայում ապրելու իրավունքից...»:

Մի այլ նամակում նա գրում էր.

«Միստր Այվազյան, չեք կարող երևակայել, թե հայկական կոլեջի սաները ինչպիսի անձկությամբ են սպասում արագիլների վերադարձին իրենց հեռավոր հայրենիքից: Ամռան վերջին սպասողական դրություն է տիրում մեզ մոտ. հայ երեխաները մոտենում են ինձ ու քաշվելով հարցնում. «Միստր Այվազյանից հեռագիր չունե՞ք... Արագիլները Երևանից դեռ դուրս չե՞ն եկել...» (խնդրում եմ, միստր, ամեն անգամ ինձ հեռագրով տեղյակ պահեցեք, թե ո՛ր օրն են արագիլները չվում Երևանից, որպեսզի ես կարողանամ բավարարել հայ երեխաների հարցասիրությունը): Իսկ երբ, վերջապես, արագիլները տեղ են հասնում և իրենց երկար ու կարմիր ոտքերը կախած պտույտներ գործում հիվանդանոցի բակի վրա, կոլեջից դուրս են թափվում հայ երեխաներն ու ցնծագին բացականչություններով դիմավորում նրանց... Եվ երբ թռչունները կանգնում են ծառին հանգստանալու, երեխաները նրանց դիմում են իրենց մայրենի լեզվով. «Երանի ձեր աչքերին, որ տեսել են մեր Մասիսը, մեր լազուր Սևանը, մեր կարոտած Արաքս գետը...»:

Եվ ես թախիծ ու արցունք եմ տեսնում հայրենիքից զուրկ այդ երեխաների վշտոտ աչքերում...

Նայում են հայրենի երկրից եկած թռչուններին և սրտամորմոք երգեր են երգում իրենց լեզվով՝ հայ պանդուխտների երգը.

Կռո՛ւնկ, ուստի կուգաս,
Ծառա եմ ձայնիդ,
Կռո՛ւնկ, մեր աշխարհեն
Խաբրիկ մը չունի՞ս...

Այդ վշտոտ երեխաներից ես իմացա (և պատմությունից էլ գիտեմ), որ թուրք հրոսակները ավերել են նրանց հայրենի օջախները, հրի են մատնել հայերի խաղաղ գյուղերն ու քաղաքները, և ձեր աշխատասեր ժողովրդի մնացորդների մի խումբ էլ կյանքի ալիքներից քշված հասել է այստեղ՝ հեռավոր Կալկաթա: Եվ հիմա իմ հայրենակից «բարեգործները» իրենց լեզվով և իրենց՝ անգլիական մեթոդով «դաստիարակում են» այդ երեխաներին:

Խե՜ղճ մանուկներ, կոլեջում նրանց ստիպում են սովորել և խոսել միմիայն անգլերեն, մայրենի լեզվով խոսելն արգելված է այդ հիմնարկում: Բայց ես զգում եմ, որ իմ «լուսավոր» հայրենակիցների բռնի միջոցները ավելի են բորբոքում այդ երեխաների մեջ սերը դեպի իրենց մայրենի լեզուն և կարոտն իրենց հեռավոր հայրենիքի... Նրանք գաղտնի կարդում են իրենց ժողովրդի պատմությունը, ագահությամբ լսում են զրույցներ իրենց հայրենիքի մասին, և սեր ու կարոտ միախառնված լեռնանում է նրանց մատաղ սրտերում:

Բայց թողնենք քաղաքականությունը (ինձ արգելված է նրանով զբաղվել): Դառնանք մեր և ձեր ընդհանուր բարեկամներին: Միրելի միստր, դուք մի՜ անհանգստանաք նրանց վիճակով, աշնանից մինչև գարուն ամեն օր կոլեջի հայ երեխաները իրենց ամենահամեղ պատառներն են մատուցում նրանց և փաղաքշական խոսքեր մրմնջում իրենց հայրենիքից եկած այդ թռչուններին:

Ես և կինս նայում ենք երեխաների ու թռչունների այդ անշահախնդիր բարեկամությանը, և ջերմ զգացմունքներով են լցվում մեր հոգիները:

Գարնանամտին, երբ արագիլները պատրաստվում են թռչելու դեպի Արարատյան երկիրը, նախապես վարժություններ են կատարում, փորձում են իրենց թևերի ուժը հիվանդանոցի վրա, գոլորշիներով հագեցած մեր գաղջ երկնքում: Եվ երբ վերջին օրը նրանք օդ են բարձրանում դեպի հյուսիս չվելու, հավաքվում են հայ երեխաները, իրենց թաշկինակները թափահարում են օդում ու կանչում. «Բարի ճանապա՛րհ... Ողջույն տարեք մեր հայրենիքին, մեր եղբայրներին, մեր հարազատ Սևանին...»:

Կարդում էր այս նամակները ծեր գյուղատնտեսը և տրտմությամբ գլուխն օրորում:

8

Հաջորդ գարնանը միայն մայր արագիլը վերադարձավ. արուն չկար: Նրա փետուրներն այլևս առաջվա ողորկությունն ու փայլը չունեին, իսկ ինքը փոքրացել էր, նիհարել և կուչ եկել: Նա մեկ ոտքի վրա կանգնում էր բնում անոթի ու լուռ և օրերով այդպես մնում անշարժ: Ապա երբեմն սթափվում էր ու տխուր «կափկափյունով» ողբում էր իր վիշտը: Պարզ էր, որ զրկվել է ամուսնուց: Արդյոք ընկերը որսորդի գնդակի՞ց էր ընկել, թե լաչինն1 էր հոշոտել չուի ճամփին: Գուցե կարկուտն էր շշմեցրել-ցած գցել ամպերից կամ թուլացած թևերն էին դավաճանել, թե՞ հարավի ժանտախտն, էր տարել, դժվար էր որոշել:

Ծեր գյուղատնտեսը վշտահար շտապեց հեռագրատուն:

— Կռվի պատճառով Հնդկա-եվրոպական գիծն ընդհատված է,— պատասխանեցին նրան հեռագրատանը:

Նա նամակ գրեց, որի մեջ նկարագրեց այրի արագիլի ապրումներն ու խնդրեց միստր Ջոն Ստենլիին հայտնել, թե ուր է նրա կյանքի ընկերը:

Ժամանակները խառն էին, նամակն ուշ տեղ հասավ: Ամռան վերջերին ստացվեց հետևյալ պատասխանը.

«Մեծարգո պարոն Կարապետ Այվազյան.

Ձեզ հետ բաժանում ենք այն վիշտը, որ ապրում է Ձեր ընտանիքը և խեղճ այրին: Մեր սիրելի արագիլն ընկավ ոստիկանության գնդակից: Նա նկատի էր առնված որպես «վտանգավոր թռչունի»: Ինքս «բոլշևիկյան Ռուսաստանի հետ օդային կապ ստեղծելու համար» երկու ամիս բանտ նստեցի: Իմ հայրենակից անգլիացիները տեղական իշխանությունից պահանջեցին գնդակահարել «բոլշևիկյան Հայաստանից» նամակներ բերող թևավորներին: Ոստիկանությունը տատանվում էր, գիտեր, որ անմեղ թռչունների սպանության լուրը հուզում է առաջ բերելու տեղի հայերի, մանավանդ Հայկական կոլեջի սաների մեջ: Այն ժամանակ հիվանդանոցի բակ մտավ անգլիացի կապիտանը և, ատրճանակը հանելով, կրակ բաց արավ իրենց բնի մեջ խաղաղ նիրհող թռչունների վրա: Հայր արագիլը ցած ընկավ ծառից, և ծաղկանոցը կարմիր ներկեց իր արյունով... Ամենից ցավալին այն էր, թե ինչպես ընդունեց ամուսնու սպանությունն իր ընկերուհին: Նա սրտաճմլիկ կանչերով ընկնում էր ամուսնու դիակի վրա, գուրգուրում էր նրա սառած գլուխը, ողբում նրա մահը...

Սպանվածի աճյունը թաղեցինք հիվանդանոցի բակում, բարդենու տակ: խե՛ղճ այրի... Ասում եք այս տարի նա ձագ չի հանում... Եվ երբեք էլ չի հանի, արագիլներն ամուսնու մահից հետո երկրորդ անգամ ընտանիք չեն կազմում: Ձեզ, անշուշտ, հետաքրքրում է, թե հայ երեխաները ինչպես ընդունեցին այդ զազրելի սպանությունը: Զայրույթով և վշտո՛վ, չէ՞ որ դրանով կտրվում էր վերջին կապը հեռավոր հայրենիքի հետ: Նրանք լուռ շրջապատել էին թռչունի դիակը, և ես լճացած արցունք էի տեսնում նրանց աչքերի մեջ ու արդար ցասում իմ «քաղաքակիրթ» հայրենակիցների նկատմամբ: Շատ բան ունեմ ասելու, բայց լավ է լռեմ...

Բարեկամաբար սեղմում եմ Ձեր ձեռքը և առիթից օգտվում եմ շնորհավորելու Ձեր հայրենիքի ազատության և Հայաստանում սովետական կարգեր հաստատվելու առթիվ:

Ձեր անձնվեր բարեկամ բժիշկ Ջոն Ստենլի:

Կալկաթա, 14-ին հուլիսի, 1921 թ.»:

9

Օրեր անցան: Այրի արագիլը հյուծվում էր մեկ ոտքի վրա կանգնած: Ոչ Աշոտի տված ընտիր ուտելիքները, ոչ Արարատյան դաշտի պայծառ ու գեղածիծաղ աշունը սփոփանք չբերին նրան: Քանի՜-քանի սիրահարներ ծեր բարդու շուրջը պտույտներ գործեցին, համեղ ուտելիքներ բերին, փորձեցին թևերով հպվել-սիրաշահել մենավոր արագիլին, բայց սգավոր այրին միշտ էլ ետ էր վանում նրանց ու կտրուկ կերպով մերժում նոր ընտանիք կազմելու լուռ ակնարկները:

Հարևան ծառի վրա ուրիշ արագիլներ ձագեր հանեցին, և այրին թախծոտ հայացքով նայում էր, թե ինչպիսի հրճվանքով են խաղում նրանք իրենց ձագերի հետ: Իսկ ինքը, հին բնի վրա մնաց մեկ ոտքի վրա՝ միշտ սգավոր ու տխուր, և աշնանը իր զգզված թևերը թափահարելով թռավ չվող երամների հետևից՝ դեպի Կալկաթա, իր ընկերոջ գերեզմանին վերջին անգամ այցելելու...

Նա այլևս չվերադարձավ:

Միայն երկու տարի անց փոստատարը մի հեռագիր ձեռքին մտավ Կարապետ Այվազյանի այգին: Ծեր գյուղատնտեսը վառեց հնդկական ազնիվ ծխախոտով լի ծխամորճը, դողդոջուն ձեռքերով բացեց հեռագրի ծալքը և կարդաց հետևյալը.

«Երևան, Հայաստան, գյուղատնտես պարոն Կարապետ Այվազյանին.

Ձեր և մեր ընդհանուր բարեկամը մեռավ հիվանդանոցի բակում՝ ծանր վշտից, 1923 թվականի փետրվարի 18-ին: Նրան թաղեցինք բակի բարդենու տակ՝ իր կյանքի ընկերոջ աճյունի մոտ:

Ջոն Ստենլի»:

1939

ԸՆՏԱՆԻ ՕՁԵՐ

Արարատ գյուղում շատ ընտանիքներ ունեն «իրենց» օձերը:

Ամառվա շոգին նրանք թաքնվում են բներում և երեկոները, երբ հովն ընկնում է, որսի ու ջուր խմելու են դուրս գալիս: Այնպես որ՝ ամեն առավոտ բնակիչները, երբ դուրս են գալիս իրենց տներից, փողոցի փոշու մեջ ծուռումուռ հետքեր են տեսնում. կարծես գիշերը մեկը պարաններ է քարշ տվել փողոցի մի ափից մյուսը: «Ընտանի» օձեր են: Ապրում են տներում, պատերի ճեղքերում, հաճախ շրջում են սենյակում, բակում, սողում են հավերի ետևից, և նրանց ոչ ոք ձեռք չի տալիս:

—Տանու օձն իրեն տիրոջը ճանաչում է, վնաս չի տալիս, — համոզված ինձ ասաց գյուղի տարիքավոր բնակիչներից մեկը:

Ահա այդպիսի օձերից մեկի մասին այդ գյուղացի մի կին ինձ մի բան պատմեց, որ ավելի հեքիաթի է նման, քան իրականության: Բայց որովհետև այդ դեպքը որոշ խրատական իմաստ ունի, ուստի այն նկարագրում եմ, բայց պատմողի խոսքերով:

***

Գարունքը եկավ, մեր բակը տաքացավ ու մի օր էլ տեսանք, ըհը՛, իրես մեր օձը ձմռան քնից վեր է կացել, դուրս եկել բակ ու պատի տակ արևակող է արել:

— Մայրի՛կ, մեր օձը ամբողջ ձմեռ ոչինչ չի՞ կերել, — հարցրեց իմ որդի Վաչիկը:

— Ո՞նց ուտեր, քնած է եղել:

— Հիմա ինչքա՛ն քաղցած կլինի, մա՛մ, մի բան տուր իրեն տանք...

Երեխայի խոսքը չկտրեցի, մի կավե ամանով կաթ տվի իրեն:

Վաչիկս վախվխելով մոտեցավ օձին, ամանը նրանից քիչ հեռու դրեց ու ետ փախավ:

Օձը ոլոր-մոլոր պառկած է՝ աչքերը բաց, չգիտես քնած է, թե արթուն:Շարժվեց:Երևի կաթի հոտն առավ: Գնաց, գլուխը ամանի մեջ կոխեց ու խմեց:

Որ ասեմ Վաչիկս նրանից շատ ուրախացավ՝ հավատա:

Ես գնում էի բամբակի դաշտ կոլխոզի աշխատանքին ու ամեն գնալիս մտքովս անց էր կենում՝ «օձը չկծի՞ երեխային...»:

— Զգույշ կաց, Վաչիկ ջան, մեր պապերն ասել են՝ «օձը տաքացնողին կկծի», դրանից հեռու կաց, — խրատում էի ես:

— Այնպես եմ կաշառել ո՛ր... — ծիծաղելով մի անգամ ինձ ասաց տղաս:

—Ինչո՞վ, —հարցրի ես:

— Իմ բաժին կաթից տալիս եմ... Ինձ ճանաչում է, ազնիվ խոսք, այ, տե՞ս, ամանը ցույց տամ, տես ոնց է գալիս ետևիցս:

Ու Վաչիկը վերցրեց պռունկը կոտրված կավե ամանը, որով օձին կաթ էր տալիս, մեկնեց դեպի պատն ու շվացրեց:

Օձը գլուխը ճեղքից դուրս հանեց, բարկացած դես-դեն նայեց ու Վաչիկիս տեսնելով՝ մեղմացավ, սողաց դեպի նա ու գլուխը մեկնեց ամանին: Հետո տեսնելով, որ ամանի մեջ բան չկա, գլուխը բարձրացրեց ու նայեց Վաչիկիս, կարծես հարցնում է. «Ինչի ես ինձ խաբում»:

— Կաթ տուր, Վաչիկ ջան, կբարկանա, մի փորձանք կբերի մեր գլուխը, օձի հետ ընկերություն անել չի լինի, —ասացի ես:

Բայց հետո պարզվեց ինձ համար, որ օձին մինչև ի՛նքդ վատություն չանես՝ նա քեզ վատություն չի անի:

Այդպես օձը մեզ հետ խաղաղ ապրում էր, երբ մի օր էլ նկատեցի, որ դա ֆշշացնելով ընկել է Վաչիկիս ետևից, իսկ նա լեղապատառ փախչում է: Երեխան տուն ընկավ, ես՝ ետևից: Դուռը ներսից փակեցինք:

— Ի՞նչ է պատահել, այ տղա, ինչի՞ է բարկացել քեզ վրա, — հարցրի ես վախից փշաքաղված:

— Չգիտեմ, ոչինչ չեմ արել..., — ասում է տղան, բայց զգում եմ, որ մի բան կա:

Մյուս օրը, երբ դաշտից տուն եկա, տեսա՝ Վաչիկը մի բան ուզում է ինձնից պահի: Մի փոքրիկ տուփ էր: Ձեռքից խլեցի էդ տուփը, բաց արի՝ տեսնեմ միջին առանց կճեպի, փափուկ ձվեր են:

— Այ տղա՛, սրանք հո օձի ձվեր են, որտեղի՞ց ես վերցրել, — բարկացա ես:

— Այ, էն ավազի հետ խաղալիս դուրս եկան... մեջը թաղված էին:

— Վայ, քոռանամ ես, դրա համա՞ր է թշնամացել հետդ, ախր սրանք մեր օձի ձվերն են... Արի, շուտ արի ցույց տուր՝ որտեղի՞ց ես վերցրել...

Երեխան ցույց տվեց, ես ձվերը դրի տաք ավազի մեջ ու ծածկեցի:

Տուն եկանք ու բաց դռնից տեսանք, որ օձը տխո՛ւր, թույլ-թույլ սողաց դեպի կույտը, ավազը դնչով փորփրեց, հանկարծ ձվերը դուրս եկան և երևի դրանից շատ ուրախացավ: Այդ ժամանակ այդ կենդանին չտեսնված-չլսված մի բան արավ, մի բան, որ ամեն անգամ հիշելիս մազերս փշաքաղվում են, սիրտս համ ահով է լցվում, համ ուրախությունով:

Ասա ի՞նչ արավ: Դա ձվերը թողեց բաց ու արագ եկավ տուն ընկավ , հասավ պատին ու սկսեց բարձրանալ թարեքը, որի վրա բաժակով դրված էր Վաչիկի բաժին կաթը:

—Այ տղա՛, կաթը մինչև հիմա ինչի՞ չես խմել, — բարկացա ես երեխայի վրա, փայտը վերցրի ու գնացի օձի առաջը կտրեցի, որ չմոտենա բաժակին:

— Դե, արի վերցրու, խմի՛ր, — գոռացի ես:

Մինչև Վաչիկս տեղից կշարժվեր, օձը իմ փայտին էլ չնայեց, իմ բարկությանն էլ, արագ հասավ թարեքին, պոչը թափ տվեց օդում, լախտի նման խփեց բաժակին ու ցած զցեց: Բաժակը ջարդվեց, կաթը թափվեց: Իսկ օձը հանդարտված իջավ թարեքից և առանց շտապելու գնաց դուրս ու նոր միայն սկսեց իր ձվերը ծածկել ավազով...

Ես ու երեխաս քարացած նայում ենք, թե սա ի՞նչ հրաշք է, ինչի՞ թափեց կաթը:

Բայց շուտով հրաշքը պարզվեց: Մեր ազահ կատուն այդ ժամանակ լակում էր թափված կաթը: Լակեց, լակեց, առաջ կաթնոտ գետինը լիզեց, հետո իր շրթունքները և ուռավ, ոտները զցեց ու սատկեց: Մի տես՝ ի՜նչ բախտ եմ ունեցել, որ երեխան էդ օրը ժամանակին կաթը չէր կերել... Պարզվեց, էս բարի լույսի պես, որ օձը վրեժը հանելու համար թույն էր թափել կաթի մեջ...

Բայց դե ես օձին չեմ մեղադրում. ամեն մոր համար իր զավակներից թանկ բան չկա աշխարհիքիս երեսին:Ու էդ մերը, որ արդեն զրկվել էր իր ձվերից , որոնց մեջ իր ապագա զավակներն էին, ինձ էլ էր ուզում զրկել իմ զավակից, որ սիրտը հովացնի:

Մի բան էլ իմացիր, որ մերը ինչքան կատաղի է վրեժի ժամանակ, էնքան էլ բարի է, երբ իր զավակները կան, ապրում են: Ու որ տեսավ իր ձվերը ետ են բերել, մի տեսնեիք, թե ո՜նց գլխապատառ եկավ տուն ընկավ. չլինի՞ թե թունավորված կաթ խմած լինեն...

ՑԱՆԿ